언제
들어도
좋은
말

언제 들어도 좋은 말

발행일
2015년 9월 17일 초판 1쇄
2020년 6월 15일 초판 63쇄
2021년 6월 30일 2판 1쇄
2024년 5월 30일 2판 8쇄

지은이 | 이석원
펴낸이 | 정무영, 정상준
펴낸곳 | (주)을유문화사

창립일 | 1945년 12월 1일
주   소 | 서울시 마포구 서교동 469-48
전   화 | 02-733-8153
팩   스 | 02-732-9154
홈페이지 | www.eulyoo.co.kr

ISBN 978-89-324-7445-8 03810

언제 들어도 좋은 말

이석원 이야기 산문집

지나온 아름다웠던 순간들을 굳이 복습하지 않고
다가올 빛나는 순간들을 애써 점치지 않으며
그저 오늘을 삽니다.

저자 고유의 글맛을 살리기 위해 표기와 맞춤법은 저자 고유의 스타일을 따릅니다.

1부

1

왜?

어느 이른 봄. 아는 사람과 약속이 있었는데 나가기 직전에 취소 전화가 왔다. 급한 일이 생겼다는데 어쩌겠는가. 알았다고 하고는 원래의 약속 장소인 광화문 교보문고로 갔다. 기왕에 나가려던 것 혼자 서점에서 시간이나 때우다 올 요량이었다. 그런데 거기서 그 친구를 본 것이다. 우리가 만나기로 했던 그 시간 그 장소에서.

나는 나도 모르게 기둥 뒤에 숨어 몰래 그를 지켜보았다. 혼자였고, 느긋하게 책을 고르는 폼이 다른 약속이나 급한 일이 있는 것 같지는 않았다. 어떻게 된 거지? 나는 이내 지하 주차장으로 발길을 돌렸는데, 왜 내가 자릴 피하고 있는 건지는 알 수 없었지만 어쨌거나 껄끄러운 상황이 생기는 건 싫었다. 이미 내 마음은 껄끄러워진 뒤였지만.

친구는 아니나 그저 지인이라기엔 개인적인 교분이 꽤 있던 사이였다. 여느 때처럼 서점에서 만나 밥도 먹고 차도 한잔 하기로 했는데 이런 일이 생긴 거다. 어쩜 별 이유 없이 혼자 있고 싶어서 그런 건지도 모른다. 나도 그럴 때가 있으니까. 하지만 아닐 수도 있지 않은가.

나로 말하자면 글을 쓰는 사람이고 이럴 때 그럴 수도 있지 뭐, 하고 넘기는 성격의 소유자는 아니다. 특히나 지금처럼 집필에 들어간 상황에서는 마음이 더욱 얇아져 이런 사소한 자극에도 민감해지는 편이다. 이제 이렇게 속이 헝클어져 버렸으니, 다시 원래대로 마음이 편해질 때까지 나는 이 머릿속, 내면의 전쟁을 멈추지 못할 것이다.

방어적 인간

살다 보면 미묘하게 부닥치는 사람이 있다. 만나면 웃고 인사하고 잘 지내던 사람이 어느 날부턴가 대하는 게 뭔가 트릿하고 낌새 이상하고 그런 거. 그래서 찝찝한 거. 그럴 때면 난 우선은 나의 오해는 아닌지 의심해 본 뒤, 이상한 낌새가 확실하다 싶으면 내가 먼저 원인 제공을 한 건 없는지, 이런 내 불편함이 타당한 것인지 따져 본다. 제삼자에게 물어보기까지 하면서. 이 모든 신중하고도 조심스러운 절차들은 문제의 원인을 어떻게든 내 쪽에서 찾으려는 노력인데, 그 이유는 이렇다. 그렇게까지 했는데도 나로선 도저히 이 상황의 원인을 알 수 없을 때 쓸 수밖에 없는 최후의 방법 — 나한테 왜 그러는지 그 이유를 상대에게 직접 물어보는 껄끄러움 ─ 을 피하기 위해서다. 그렇게 물었다가 자긴 아무렇지 않은데 왜 그러냐는 그 예상 가능한 최악의 대답을 듣지 않기 위해서. 그리하여 또다시 그 대답이 진심인지 아닌지 파악하려는 길고 지난한 과정을 반복하지 않기 위해서.

나는 이처럼 방어적 인간. 줄곧 고민의 초점을 내가 무언가 잘못했을 가능성에 두고 있던 나는, 심란한 마음으로 집으로 돌아오고 나서야 문제의 단서를 발견할 수 있었다. 거실 구석 한편에 처박힌 채로 늘 그 자리에 있었으나 결코 눈에 띄지는 않았던, 그 친구의 책을 발견한 것이다. 실은 그 친구도 작가다. 지난달에 신간이 나왔다며 에세이 한 권을 보내 왔길래, 평소처럼 읽지도 않고 갖은 칭찬을 늘어놓은 터였다. 예의가 아닌 줄은 알지만 예전에 밝혔듯이 난 책을 잘 읽지 못하기 때문에 어쩔 수가 없는 노릇이었다. 아무튼 그 사실이 걸려 책을 집어 드는데 웬 엽서 한 장이 툭 떨어졌다. 이 친구는 책 한 권이 완성되면 여행을 다녀오는 버릇이 있어서, 엽서에 일본 말이 쓰여 있는 걸로 봐서는 이번에도 그 길에 사 온 것 같았다.

'그냥 책이나 한 권 주면 됐지 번거롭게 엽서는 무슨……'

그때, 퍼뜩 스치는 게 있었다. 어쩜 이 친구는 일부러 엽서를 끼워 넣고서, 그에 대해 내가 아무 얘기도 하지 않자 삐진 건지도 모른다. 엽서의 존재를 알아차리지 못했다는 건 자기 책을 읽지 않았다는 얘기가 될 테니까. 그래, 워낙 꽁한 친구라 충분히 성립 가능한 얘기다. 나는 내 추리가 맞음을 확신하며 한편으로는 이 상황을 어떻게 둘러댈까 궁리하면서 엽서의 내용을 살펴보는데, 가만히 보니 나한테 쓴 게 아니었다

'올리브? 올리브가 누구지?'

엽서의 내용으로 짐작건대, 올리브는 여성이고 이 친구를 차버린 옛 연인이거나 대단한 짝사랑의 대상인 듯싶었다. 그는 마치 이 작은 지면이 그녀에게 말을 건넬 수 있는 마지막 기회라도 되는 양 깨알 같은 글씨로 호소하고 있었다.

제발, 자기를 받아 달라고.

그러니 이 엽서는 나에게 잘못 온 것이고, 그렇게 남의 일기장을 훔쳐보는 기분으로 엽서를 마저 읽어 내려가던 중 그 친구에게서 전화가 왔다. 낮에 서점에서의 일은 모르는 척 급한 일은 잘 처리되었냐고 물으니 대답 대신 웬 소개팅을 시켜 주겠단다. 불과 얼마 전까지 본인이 외로워 죽겠다고 하소연을 하던 친구가.

"죄송해서 그러죠."

그는 내 의문을 알아채기라도 한 듯 대꾸하더니 이내 소개해 줄 사람을 자랑하기 시작한다.

"의사예요. 완전 착하시구 예쁘시구, 형도 분명 좋아하실 것

같은데. 한번 나가 보세요."

듣다 보니 뭔가 좀 이상했다. 어쩐지 평소보다 들뜬 말투 하며, 이건 마치 내가 아니라 자기를 위해 해 달라는 듯 조르고 있지 않은가. 그러거나 말거나 난 요즘 글을 쓰느라 소개팅 같은 걸 할 처지도 아니거니와 그렇게 대단한 분이라면 더욱 만날 상태가 아니어서 거듭 사양했지만, 그가 마지막으로 던진 한마디 때문에 나도 모르게 그만 오케이를 하고 말았다.

"그러지 마시고 내일 오후 두 시에 성북동 수연산방에서 올리브란 분 한번 만나 보세요. 정말 괜찮아요."

……그렇게 된 거다. 내가 그 사람을 만나게 된 사연은.

나가려고만 하면
집에서의 시간이 소중해진다.
나가려고만 하면.

3

수연산방

영화 같은 우연이 거듭되는 러브스토리를 믿는 편은 아니다. 인연은 기적이 아니라 노력의 산물이라 생각하는 편이라서. 하지만 오늘 소개팅을 하러 가는 이 수연산방이라는 찻집엔 나도 시시한 추억이 하나 있다. 2006년 겨울. 인사동에서 살롱 드 언니네 이발관이라는 다소 캐주얼한 컨셉의 와인 바를 하던 무렵이었다. 처음 해 보는 장사에 지쳐 고민 끝에 핀란드로 날아갔는데, 거의 열흘 간을 한 동네에서 머무르며 같은 카페를 가고 같은 시장에서 장을 보고 같은 버스를 탔던 사람이 있었다. 물론 서로를 알아보지는 못했다. 그땐 모르는 사이였으니까. 우리가 서로의 존재를 확인했던 건, 여행을 마치고 서울로 돌아와 '우연히' 서로의 블로그를 방문했을 때였다. 블로그에 따르면 우린 그 먼 곳 핀란드에서 번번이 서로를 모르는 채 마주치다가 같은 날 비행기까지 함께 타고 서울로 온 것이었다. 물론 이때까지만 해도 그저 웃어넘길 수 있는 정도의 해프닝으로 치부했었다. 하지만 일주일 뒤, 이제는 서로의 얼굴을 아는 상태에서 각자 초행길이었던 성북동의 어느 전통 찻집에서 또다시 마주쳤을 때, 우리는 더 이상 이 우연을 우연으로 놔둘 수가 없었다. 비록 넉 달 만에 헤어지긴 했지만.

바로 그 수연산방. 오 년 만이다. 오래전 상허 이태준 선생이 머무르며 글을 썼다던 성북동 덕수교회 부근에 자리한 아담한 전통 찻집. 근처 공터에 차를 대고 문을 향해 걸어가는데 소개팅을 주선한 친구에게서 전화가 왔다.

"형님 도착하셨어요? 여자분이 시간 어기는 걸 무척 싫어해서요."

다 왔으니 걱정 말라 대꾸하곤 확인하니 약속 시간 일 분 전. 풀이 가득한 안뜰로 들어서자 단면을 내보이듯 앞이 뻥 뚫린 한옥 건물에는 왼쪽의 작은 방과 가운데 마루, 오른쪽의 큰 방에 세 여성이 각각 흩어져 자릴 잡고 앉아 있었다. 나는 은근히 마음이 급해졌지만 방마다 돌아다니며 당신이 올리브냐 묻기가 뭐해 다시 그 친구에게 전화를 걸어야 했다.

"정희예요, 김정희. 형님 도착하신 거죠?"

이름은 알았으되, 직접 물어봐야 하는 것은 마찬가지 상황. 나는 조심스럽게, 세 명의 여자를 티 안 나게 힐끔거리며 오직 여성이자 의사라는 데이터 만을 가지고 정말로 그런 사람이 있는지를 살폈다. 의사처럼 생긴 사람이 따로 있을 리 없다는 걸 알면서도 나름의 기준을 가지고서. 만약 그런 사람이 있다 한들 나 같은 놈을 마음에 들어 할 리 없다고 생각은 하면서도 한편으론 솟아오르는 기대를 어쩌지 못하면서.

금치산자

나는 뭔가 일을 하기 시작하면 다른 건 아무것도 하지 못하는 바보가 된다. 다시 말해 지금처럼 글을 쓸 때, 난 단순히 마음이 얇아지는 정도가 아니라 일상의 모든 판단력이 거의 '금치산자' 수준으로 떨어지고 자신감은 제로가 되며 외모 또한 그나마 볼 것 없는 본판에서조차 반의 반 토막이 나 버린다. 한마디로 어떤 여자도 좋아할 수 없는 무 매력의 남자가 되는 것이다. 그런데도 내가 그 직업도 변변한 데다 용모까지 수려하다는 의사 양반을 만나러 나간 이유는 단지 호기심 때문이었다.

4

홑꺼풀

.

    내가 찾는 그 사람은 어떤 식으로든 문을 통해 홀로 들어오는 남자를 의식했을 것이다. 내가 들어서는 순간 나 모르게 번개처럼 내 키와 내 몸의 비율과 내 행색 전체를 스캔하고는 곧 내린 결론으로 인해 나를 모른 척하고 있는지도 모른다. '내가 기다리는 사람이 아니구나'라는 판단, 혹은 '저 사람이면 어쩌지' 하는 공포 내지 불안감 같은 것. 만약 내가 저 안에 앉아 있고 여자가 들어오는 상황이라면 나는 반대의 경우에 시선을 주지 않을 것이다. 무슨 말인가 하면, 나는 내 시선을 끌 만한 사람은 절대로 쳐다보지 않는다. 이 것은 나의 본능적인 행동으로, 무관심을 가장해 관심을 끌어내려는 내 가장 전형적인 구애의 방식이다. 거의 안 생기는 편이긴 하지만,

만에 하나 생길지도 모를 잠재적 상황에 늘 대비하고 있는 것이다.

"그럼 어떤 여자를 안 쳐다보는데?"

한번은 내가 이런 이야기를 하니 듣고 있던 아는 분이 내게 물은 적이 있었다. "말해 봐. 석원 씨도 이상형이 있을 거 아냐." 그는 이런저런 연예인들을 거론하며 이성에 관한 내 외모적 취향(?)을 떠보려 했지만 나는 이런 질문을 받을 때마다 난감해진다. 내 주제에 이상형 같은 것은 가져 본 적이 없는 데다, 굳이 말하자면 나는 외모가 뛰어난 사람보다는 표나는 결점이 없는 사람이 더 좋기 때문이다.

"결점이 없다라…… 그럼 완벽한 사람을 원한다는 거네?"

나는 손사래를 치며 곧바로 이 흔한 오해를 바로잡았다. 완벽한 것과 결점이 없는 것은 엄연히 다른 것이므로.

"에이, 그게 그거지."

그분은 내가 주제넘게 까다롭다고 생각하는 눈치였지만 사실 그건 내 결점이 워낙 많은 탓에 어쩔 수 없이 형성된 일종의 방어기제였다. 나는 외모 콤플렉스가 몹시 심한 편이어서, 상대의 결점에 도리어 내 콤플렉스가 자극받는 전형적인 타입이다. 계약직이 계약직 무시하고, 키 작은 사람이 남 키 작은 거 못 보아 넘기는 그런 경우랄까.

"알겠는데, 그래도 특별히 끌리는 부분은 있을 거 아냐."

물론 있다. 하지만 그것도 어떻게 보면 비슷한 맥락이다. 주로 내가 가지지 못한 것이거나 내 상처와 관련된 것들.

어려서부터 내 진한 쌍꺼풀을 못마땅히 여겨 왔던 나는 눈꺼풀이 한 겹인 사람만 만나면 사정없이 무너졌다. 빌어먹을 송아지처럼 착해 보이는 눈이 늘 불만이었던 내게 상대의 홑꺼풀이란 나는 가지지 못한 아름다움과 강함으로 인식되어져 왔기에, 그런 멋진 눈을 가진 사람을 만나면 맥을 못 추는 것이다. 그게 여자가 됐든 남자가 됐든 말이다.

또 하나. 나는 남자들이 흔히 좋아한다는 여성의 긴 머리보다는 늘 단발머리에 더 끌렸는데, 그 연유에 대해서는 일종의 트라우마 때문이 아닐까 추측하고 있다. 태어나서 처음으로 이별의 아픔을 알게 해 준, 처음으로 열렬한 연애 감정을 느끼고, 사랑한다는 말 또한 처음으로 하고 들었던, 오리궁둥이처럼 짧고 두툼하고 귀여운 뒷머리를 가졌던, 잊을 수 없는 첫 키스를 나눴던, 죽을 때까지 이 마음이 계속되리라 믿었던, 고등학교 때 나의 첫사랑. 그 애는 나를 떠남으로써 영원히 내 안에 남았고 그 뒤로 존재 자체가 트라우마가 되어 이렇게 평생을 짧은 머리 여자만 좋아하게 되었는지 모른다는 게 내 추론이다. 물론 그 추측이 맞는지 나로선 알 길이 없지만 아무튼 긴 머리를 좋아해 본 적은 한 번도 없다. 이미 사귀고 나서 상대가 머리를 기른 적은 있어도.

"그래서? 그렇게 결점이 없고 홑꺼풀에 머리가 짧은 여자가 나타나면 석원 씨는 어떻게 하는데?"

"살피죠."

"살핀다? 어디를?"

"저를 좋아할 만한 사람인지 아닌지를요."

나는 나를 좋아할 만한 사람만을 좋아한다. 참 지독히도 방어적인 연애 타입이지만, 그래서 한 번도 짝사랑이란 걸 해 본 적이 없다. 난 제아무리 매력이 있어도 애초부터 나랑 연결될 가능성이 없는 사람이면 본능적으로 마음이 아예 시작을 안 한다. 거절에서 비롯되는 상처로부터 나를 지키려는 것이다. 난 하지도 않는 음악을 한다고 거짓말을 해서 정말로 음악을 하게 되거나, 비슷한 과정을 거쳐 어떤 일이든 저지르는 무모함은 있어도, 정작 사람과의 관계에 있어서만은 단 한 번도 그런 용기를 내 본 적이 없다. 왜 그런지는 모르겠지만.

"여기야."

잠시 쓸데없는 생각에 빠져 있는 사이, 가운데 마루에 앉은 여

자의 일행인 듯한 남자가 나타났다. 시계를 보니 두 시 오 분. 이제
나도 결정을 해야 한다. 언제까지나 이대로 사람들을 힐끔거리며
이 흙바닥에 서 있을 순 없지 않은가. 나는 먼저 오른쪽 건넌방에
있는 분에게 가 보기로 했다. 어차피 둘 중 하나일 것이므로 특별히
근거가 있는 선택은 아니었다. 하얀색 스니커즈를 벗고 양말 바람
으로 마루에 올라 방으로 들어서니 기억보다 훨씬 작은 공간에 여자
가 혼자 앉아 있었다.

"저…… 혹시 김정희 씨?"
내가 조심스레 말을 건네자, 여자가 슬그머니 나를 돌아보는데
짧은 단발에 앙다문 입술이 뭔가 사람이 단단해 보였다. 가까이 가
서 보니 눈이 홑꺼풀이었다.

마음

홀씨처럼 둥둥 떠다니다
예기치 못한 곳에 떨어져 피어나는 것.

누군가 물을 주면
이윽고 꽃이 되고 나무가 되어
그렇게 뿌리내려 가는 것.

5

김정희

이 여자는 김정희여야 한다. 나는 그녀가 그렇다고 해 주길 바랐다. 왜냐하면 그녀는 단발머리에 눈이 흩꺼풀이기 때문이었다. 그 짧은 순간에, 본능적으로 몸의 오감을 총동원해 처음 보는 낯선 존재를 살피며 나는 그녀의 대답을 기다렸다. 반듯한 이마와 잘 태운 구릿빛 얼굴, 엷은 회색 재킷에 목에는 화사한 노란색 스카프를 두른 이 여자가 김정희라면 얼마나 좋을까. 혹 정말 김정희라 해도 넘어야 할 산은 많지만 일단은 김정희여야 산이든 강이든 넘을 것이었다. 이를테면 그녀가 김정희라 해도 나 또한 그녀의 마음에 들어야 한다는 점은 애초부터 해결 불가에 가까운 문제이긴 했다. 마흔두 살이라는 나이. 이혼남에, 평균에 한참 못 미치는 외모와 안정적이지 못한 직업까지……. 그런데도 이런 남자를 좋아하는 여자가 있다면 아마도 만 명 중에 한 명이나 가질 법한 특이한 취향의 소유자이거나, 우리 누나 말마따나 '모든 걸 가졌기 때문에 너 같은 놈도 한번 만나 보려는 복에 겨운 사람' 중 하나일 것이다. 하여, 애초 소개팅 자체의 성사 가능성은 생각지도 않던 내가 어째서 이 사람이 김정희이기를 이토록 바라고 있는 건지는 모르겠지만, 만약 이 분이 정말로 김정희라면, 솔직히 나는 결혼까지도 각오하고 있었다. 그, 직접 경험해 보기 전에는 결코 실체를 알 수 없는 행위를 형벌처럼 무서워하는 나이지만, 그간의 내 모든 자유와 꿈과 방탕한 시간들을 이제는 접으라는 하느님의 뜻으로 알고 받아들일 마음이었다. 아니라면 왜 불과 어제까지만 해도 나갈 생각조차 없던 이런 자리에 나와서 마치 운명처럼 누군가와 이렇게 단 둘이 한 공간에 있게 되었단 말인가. 그래서, 다시 말하지만 지금 내 앞에 있는 이 사람은 반드시 김정희여야 했고 아니라면 지금 바로 개명을 해서라도 무조건 김정희여야 했다.

"아닌데요."

나의 간절한 바람을 뒤로하고 그녀의 목 안으로부터 너무도 무심히, 그리고 가차 없이 내뱉어진 한마디. 나는 조용히 그 방을 빠져나왔다.

이름

오래전 제가 살던 동네에
'세련의 극치'라는 이름의 옷가게가 있었어요.
당연히(?) 그곳의 옷들은 세련되지 않았고
얼마 안 가 망하고 말았죠.
저는 이름 짓는 일을 중요하게 생각하는데
왜냐하면 이름이란 그 대상을 나타내 줄 뿐만 아니라
첫인상으로 작용함은 물론 이후로도 하나의 이미지가 되어
선입견으로 두고두고 작용하는,
말할 것 없이 중요한 것이기 때문이죠.

그런데 이름을 지을 때 자기가 드러내고 싶은 바를
직접적으로 담는 경우가 있는데 별로 좋지 않은 방법입니다.
정말 세련된 브랜드는 '세련'이라는 두 글자가
광고 어디에도 존재하지 않죠.
'고급'이란 말도 마찬가지예요.
최고급 어쩌고 하면서 구구하게 수사를 늘어놓는 건
오직 최고급이 아닌 브랜드들뿐이죠.

저의 이름은 이석원입니다.
저는 일생 동안 이 이름이 별로였습니다.
뭣보다 평범했고, 흔하며 포스가 없다는 이유에서였죠.
전 (성을 포함한) 이름이 주는 느낌이 그 사람의 능력이나
성공 여부에 꽤나 연관이 있다고 생각하는 편으로
예를 들어 배철수가 박철수였다면?
봉준호가 이준호였다면?
뭔가 이름에서 풍기던 오라가 상당히 감소하지 않나요?

그런 이유로 전 평범했던 제 이름을 그다지 내켜 하지 않았죠.
그러던 어느 날 어떤 사람의 한마디가 저의 생각을 바꿔 주었어요.
내가 사랑했던 사람이었죠. 그 사람이 제게 말했어요.

난 당신의 이름이 좋다고.
당신 같은 이름을 가진 사람을 만나 보고 싶었다고.

이름이란 과연, 그것을 부르는 사람, 즉 타인에 의해서
그 가치가 완성되는 것이더군요.
사랑하는 사람이 내 이름을 애정 어리게 불러 주었을 때,
무려 삼십여 년간이나 탐탁지 않아 했던 이름을
비로소 나 스스로도 좋아할 수 있게 되었으니 말입니다.

사람은 누구나 자신의 이름이 불릴 때
약간은 기분 좋은 쾌감을 느낍니다.
세상이 나라는 사람의 존재를 인식하고, 필요로 하기 때문이겠죠.
초등학교 4학년 때,
담임 선생님이 따뜻하게 내 이름을 불러 주던 순간은
아직도 잊히지 않네요.

"이석원."

그 선생님의 이름은 조영희 선생님.
저는 그때 3반이었죠.

김 정 희 2

  그런데 이건 또 무슨 일일까. 서둘러 방을 빠져나와 남은 한 방
에 있는 진짜 김정희를 향해 가려는 순간, 장신에 등발이 하키 선
수처럼 좋은 남자가 성큼 마루로 올라서더니 그 작은 방으로 휙 들
어가 버리는 것이 아닌가. 뭐지? 애초부터 셋 다 김정희가 아니었
던 것을 혼자 이 생쇼를 했단 말인가? 휴대폰을 열어 시간을 확인해
보니 두 시 십일 분. 민망함을 애써 감추며 마루에 걸터앉아 이 빌
어먹을 소개팅을 주선한 친구에게 전화를 걸었다. 안 받는다. 두시
십오 분. 이십 분. 약속 시간 어기는 걸 그토록 싫어한다는 사람이
연락조차 없이 오지 않고 있는 이 상황은 무엇을 의미하는 걸까.

한 오 분을 더 그러고 앉아 있는데 뒤편 마루에 앉은 커플들로부터 하하 호호 웃음꽃이 만발하더니 사랑해 쪽쪽 난리가 났다. 내가 장담하지만 너네 올해 벚꽃 피기 전에 헤어진다. 나는 죄 없는 연인들을 향해 공연히 악담을 퍼부으며 생각했다. 따지고 보면 원래 난 여기 소개팅을 하고 싶어서 온 게 아니다. 단지 어째서 그 친구가 자기 엽서에 등장하는 여자를 내게 소개시켜 주려는 건지, 정말 그 둘이 동일 인물인지 뭐 그런 것들이 궁금해서 나와 봤을 뿐. 애초 내 주제에 이런 의사와의 썸씽 따위 기대조차 한 적이 없었던 것이다.

나는 빠르게 작동하는 나의 성능 좋은 방어기제 탓에 곧 마음의 평정을 찾을 수 있었다. 벌써 삼십 분이나 지났으니 소개팅에 굶주린 거지가 아니라면 이제는 일어나야 한다. 나는 이 빌어먹을 이벤트를 기획한 놈을 향해 욕을 한마디 해 주고는 자리에서 일어났다. 에이 미친 놈. 자기 책 안 읽었다고 이런 일까지 벌이다니. 그러곤 마당을 빠져나가 차에 오르려는데 마침 전화가 왔다. 그 자식이다. 다시 솟구치려는 화를 애써 누르며 일단 차분히 전화를 받는다.

"어, 지용 씨. 어떻게 된 거야? 그분 안 나왔던데."

"예? 그게 무슨 말이에요. 지금 삼십 분째 기다리고 있는데."

"뭔 소리여. 내가 지금 다 확인하고 나왔대두. 여기 김정희란 여자 없어."

나는 혹시 내가 다른 곳을 잘못 온 것은 아닌가 싶어 재차 확인해 봤지만 그곳은 수연산방이 틀림없었다. 그런데 이 친구, 여전히 내게 다시 한 번만 확인을 해 보라고 졸라 댄다. 분명 거기 김정희가 앉아 있다면서.

　　하, 이것 참.

　　생각해 보면 내가 직접 확인한 사람은 한 명뿐이다. 하지만 다른 여자들은 모두 일행이 있지 않은가. 그것도 시커먼 남자 놈들로. 나는 됐다고, 이미 삼십 분이나 늦었으니 좋게 보이긴 틀렸다며 그만 가 보겠다고 했지만 그 친구가 하도 통사정을 해 하는 수 없이 다시 차에서 내려 안으로 들어갔다. 도대체 뭘 어쩌라는 건지. 나는 터덜터덜 짜증 섞인 걸음으로 마루에 올라 남은 한 방으로 들어갔다. 하필 오늘 아침 볼에 갑자기 솟아 오른 왕뾰루지를 손으로 연신 만지작거리면서.

왜 중요한 약속만 잡히면 얼굴에 뭐가 나냐구?
내일이 소개팅인데 자기 전에 떡볶이 먹고 빵 먹고
그런 이쁜 짓을 하니깐 뭐가 나지.

접 점

방으로 들어서자 거구의 하키맨은 어딜 갔는지 보이질 않고,
머리가 등허리까지 내려올 만큼 긴 여자가 홀로 앉아 있었다. 게다
가 쌍꺼풀이라니. 나는 직감적으로 우리가 연결될 일은 없겠다고
생각하며 당신이 김정희냐고 물으려는데 그녀가 먼저 내게 자리를
권했다.

"좀 앉으세요."

"아, 네, 네."

나는 그녀의 친절하지만 어쩐지 냉담한 포스에 허둥거리며 두
꺼운 방석 위에 자릴 잡았다. 그러곤 곧 덩치 큰 남자가 물을 가져
오는데 가만히 보니 아까 그 하키맨. 세상에, 얼마나 긴장을 했으

면 종업원하고 손님도 구분하지 못했을까. 갑자기 민망해져 찬물을 한 모금 들이켠 후 살짝 고개를 드는데, 쌍꺼풀진 두 눈이 눈앞에서 나를 주시하고 있다는 걸 느끼는 순간 내 얼굴은 급격히 굳어지고 말았다.

"어디 불편하세요?"

쌍꺼풀 때문이 아니다. 나는 바로 이런 순간에 태어나서 한 오백 번쯤은 이런 말들을 들어왔다. 화가 났냐, 안색이 왜 그러냐, 자기가 뭐 잘못한 거라도 있냐 등등. 그러나 굳은 얼굴은 단지 낯을 가려서일 뿐, 상대의 탓은 아니다 보니 늘 해명을 해야 한다.

"그냥, 부끄러워서."

"아이코."

여자가 그제야 살짝 웃음을 터뜨린다. 나이 마흔둘에 처음 보는 여자 앞에서 부끄럽다는 말을 뱉은 게 어쩐지 남세스러워, 나는 추가로 해명을 늘어놓아야 했다. 원래 안면 콤플렉스가 지독해서 누가 앞에서 얼굴 보는 걸 싫어한다, 그래서 스무 살이 넘어서는 자의로 사진 한 장 찍은 적이 없으며 그런 나를 위해 애인은 물론 그냥 친구들까지 종종 옆자리에 앉아 주곤 한다. 좀 부담스러울 순 있지만 그렇게 하면 내가 눈에 띄게 편해진다는 걸 자기들도 알기 때문에 그러는 거다……. 그렇게, 처음 보는 사람이라면 얼핏 쉬 이해 가지 않을 수도 있는 이야기를 주저리주저리 떠들고 있는데 그녀가 전혀 예상치 못한 말을 건네 왔다.

"그럼 제가 옆으로 갈까요?"

아무리, 내가 마주 보는 걸 못 견디기로서니 소개팅 자리에서
방금 만난 사람과 연인처럼 나란히 앉는다는 건 상상해 본 일이 없
거늘. 그분은 내가 대답을 하기도 전에 그냥 불쑥 내 옆으로 자리를
옮겨 버렸고 난 예상치 못한 일격에 도리어 더욱 부끄러워지고 말
았다.

"이제 좀 괜찮으세요?"

"아, 네, 네……."

차갑게 굴던 사람이 갑자기 왜 이렇게 자상해진 걸까. 잠시 후
그녀가 자기 전공을 밝히고 나서야 나는 그 이유를 알았다. 그 분은
다름 아닌 정신과 의사였던 것이다.

"아아, 그래서 저를 일종의 환자로 보시고……."

"아니에요. 그럴 리가요."

이번에는 그녀가 손사래를 치며 내게 해명을 한다. 자긴 아이
들 전문이니 오해는 마시라며.

허둥대던 나와 달리 그녀는 차근차근 자기소개를 했다. 나이는
서른네 살. 강남에 있는 어느 소아 전문병원에서 일하고 있으며 현
재 이혼 소송 중이고 딸이 하나 있다고.

'에? 소송 중? 딸?'

이 여자, 사람을 불쑥불쑥 놀래키는 재주가 있다. 내 나이에 자식 있는 사람 못 만날 건 아니지만 소송 중에 소개팅이라니. 하지만 그녀는 아무렇지도 않게 말을 이었다. 남편은 이미 애인이 둘이나 있다면서.

남편은 피부과 의사라고 했다. 서로 까서 진흙탕 싸움을 벌일 수도 있지만 피차간에 손해니 만큼 사적인 부분은 건들지 않기로 변호사들끼리 합의를 보았고, 게다가 이혼에 관한 판결은 이미 받은 데다 아이 양육비 조정만 남은 상태라 걱정할 건 없다나? 다 내가 겁먹은 걸 눈치채고 하는 말 같았다.

"그래도 끝까지 조심하셔야 할 텐데." 내가 충고 비슷이 말을 하자 여자는 의외라는 표정으로 묻는다.

"이혼 소송에 대해서 좀 아세요?"

"제 나이가 있으니까요."

"몇이신데요?"

대체 이 여자, 나에 대해 뭘 알고 나온 걸까.

"모르셨구나. 마흔둘이요."

"아……."

약간의, 그러나 왠지 길게 느껴지는 침묵.

"그러다 보니 친구 중에 이혼한 애들도 많고, 뭐 이혼하고 싶다고 차에 번개탄 싣고 다니는 놈도 있고……."

"번개탄이요? 자살하려구요?"

"어, 그걸 어떻게."

"그런 환자들 많거든요. 그거 되게 위험한 방법인데. 성공률도 높긴 하지만."

그때부터 우린 번개탄과 자살과 결혼과 이혼에 관해 오랜만에 만난 친구처럼 수다를 떨었다. 두 시간이나 떠드는 동안 그녀가 어째서 내가 누군지, 뭐하는 사람인지 알려고 들지 않았는지는 모르지만, 여자는 긴 소송에 지쳐 있었고 그래서인지 내가 이혼을 했다는 사실이 무척이나 반가운 눈치였다. 또 나는 나대로 그저 오랜만에 상담 치료 한번 받는다 생각하니 부담 없이 편한 시간처럼 느껴졌었고. 그렇게, 처음 우리를 묶어 준 두 가지는 이혼과 정신과 치료였던 셈이다.

친밀감

좋아하는 것보단
싫어하는 게 비슷할 때
더욱 강하게 드는 것.

예쁜 말은 예쁜 마음에서 나오고
예쁜 마음은 유순한 생활에서 비롯된다.

우리는 피차 평탄하고 순한 시간들을
보내 온 사람들은 아니었지만
그래도 서로 예의를 갖춘 말과 태도로
공감 어린 시간을 보냈다.

그녀가 살면서 가장 많이 들었던, 그래서 듣기 싫었던 말은
'여자라서 그래'라는 말이었다고 한다.

생각해 보면
누군가의 말과 생각과 행동이, 심지어 사랑까지도
그 사람 고유의 판단과 개성에 의한 것이 아니라
어떤 현상의 하나로 해석되거나
혹은 생물학적 특성에 의해 비롯된 것으로 치부될 때

다시 말해
'그건 그 애라서 그래'가 아니라
어려서 그래.
여자라 그렇지 뭐.
와 같은 말들이 존재를 외롭게 하는 것이다.

대한민국에서 여자로 살아가는 일은 왜 그렇게 힘이 들까.

8

선생님께

    선생님. 우리가 만난 지 벌써 닷새가 지났습니다. 아마 당신은 제가 작가라는 사실을 모르고 계시겠지요. 그날 우리는 여섯 시간을 함께 있었지만 저는 제가 뭐하는 사람인지를 끝내 밝히지 않았고, 선생님도 그저 작은 사업을 한다는 제 말에 별다른 토를 달지 않고 넘어갔으니까요. 당신은 애초부터 상대가 뭘 하는 사람인지 별로 상관하지 않았던 것이고, 그건 저를 자유롭게 했습니다. 내가 누구이지 않아도 된다는 사실이, 내가 누구인지 설명하지 않아도 된다는 것이 어찌나 홀가분하던지, 덕분에 저를 있는 그대로 보여드릴 수 있었지요.

앤디 워홀이 그랬던가요. 기대하지 않는 순간 얻게 된다고. 저는 선생님과 제가 그날 이후로도 관계가 지속될 거라고는 조금도 생각하지 않았기에, 그런 편안함은 저를 거침없게 만들었고 저의 그런 거침없음은 선생님을 유쾌하게 해 주었습니다. 아마 그래서, 한 곳에서 자리를 마치고 나설 때마다 이젠 끝이겠지, 이대로 다시는 만날 수 없겠지 하던 저의 예상을 선생님은 번번이 깨며 2차, 3차를 원하셨던 거겠지요. 그러나 그런 저의 편안함은 오래가지 않았습니다. 긴 시간, 저의 볼품없는 이야기를 차분히 들어 주는 선생님의 옆모습을 제가 조금씩 힐끗거리기 시작했다는 걸 깨달았을 때, 내내 가만히 저의 이야기를 들어 주던 선생님이 갑자기 내 인생도 엉망이라고 웃으며 털어놓았을 때, 저는 처음으로, 내 옆에 앉은 어떤 긴 머리를 한 여자의 둥근 어깨를 감싸 주고 싶다는 생각이 들었으니까요. 그렇게 누군가를 의식하게 되면서 저의 행동은 조금씩 부자연스러워지기 시작했습니다. 늘 그렇듯.

우리는 이른 저녁을 먹으러 가기 위해 수연산방을 나섰습니다. 그런데 선생님의 차가 2억짜리 포르쉐 파나메라라는 걸 알고선 저는 또 당황했지요. 뭐, 의사이시니 흔한 폭스바겐이나 BMW 5시리즈 같은 것을 몰고 오셨더라면 그러려니 했을 텐데. 하지만 포르쉐는 조금 다르지 않습니까. 저는 저도 모르게 나는 차를 가져오지 않았다고 짐짓 거짓말을 하고는 내가 운전을 하겠노라 선생님의 차에 올랐습니다. 그러곤 팔자에 없는 하얀색 포르쉐를 몰고 늘 다니던 익숙한 길을 오르면서 그런 생각을 했지요. 지금 우리 옆을 스쳐 가고 있는 저 크고 아름다운 집들 중 하나가 나의 집이었다면…… 나는 이 사람에게 데이트 상대로서 좀 더 떳떳할 수 있었을까? 사실 저는 서울 외곽 중랑천 변에 있는 스무 평짜리 작은 아파트에서 월세를 살고 있었는데 말이죠. 그러거나 말거나 저는 제 것이 아닌 포르쉐를 몰고서 제 것이 아닌 집들을 그저 풍경으로 흘려보내고 있을 따름이었지요. 우리의 거리가 점점 더 멀어지는 것만 같은 기분에 마음 일렁여 하면서.

삼청동과 효자동 부근에 있는 몇 군데의 식당엘 들렀지만 번번이 브레이크 타임에 걸린 우리는 딱히 갈 만한 곳이 없었습니다. 하여, 여러 번의 검색과 전화 확인 끝에 겨우 광화문에 있는 서울파이낸스센터로 향했지요. 그곳 지하에 있는 엘 뽈라또라는 스페인 요릿집에 가기 위해서. 건물 주차장에 차를 대고 지하 이 층으로 향한 우린 곧바로 그곳 구석 테이블에 자릴 잡고선 샹그리아 피처를 시켰습니다. 그러곤 선생님은 자신의 이야기를 들려주기 시작했지요. 당신이 일하는 곳은 강남에서도 규모가 상당히 큰 어린이 전문 병원이며 선생님은 그곳에서 페이를 받는 고용직 의사가 아니라 오너 가족의 일원이라는 것. 그리고 선생님의 거처는 여의도에 있는 육십 평짜리 대형 오피스텔이라는 것 등 사적인 것에서부터 선생님이 돌보는 아이들 중 재미나고 특이한 녀석들과 어렸을 때부터 지금껏 단짝인, 지금은 외국에 살고 있다는 소중한 두 친구에 대한 이야기까지.

한 가지 의아했던 건 선생님은 끝끝내 본인의 이름이 정희라는 것을 제게 한 번도 확인시켜 주지 않았다는 점입니다. 술을 꽤나 좋아하는지, 이미 샹그리아 피처를 두 개나 비우고도 선생님은 또다시 하나를 더 시킨 후, 그저 자기 말을 이어 갈 뿐이었지요. 실은 이혼의 귀책사유가 폭언과 폭행을 일삼던 남편뿐 아니라 자신에게도 있었는데, 알코올 의존증으로 아이를 잘 돌보지 않은 데다 남자까지 만나서, 세 살 된 딸이 아직 엄마 소리조차 하지 못하고 있는 것도 당신 때문이라고 하셨지요. 또 말씀하시길, 병원은 선생님의 아버지가 아니라 현재 소송 중인 남편의 아버지, 그러니까 시아버지의 것이며 지금 사는 집도 차도 그러해 어쩜 이 소송이 끝나면 자긴 연봉 육천만 원짜리 평범한 월급쟁이 의사로 살아가야 할지도 모르겠다고.

초면 치곤 조금 많이 사적인 이야기들에, 저는 뭐라 대꾸를 해야 할지 몰라 듣고만 있었죠. 그런데 그런 이야기까지 다 해 주면서 왜 이름이 정희가 맞냐는 저의 물음에는 끝내 웃음으로만 일관하셨던 건지 모르겠습니다. 그저 선생님에겐 이 만남이 서로가 누군지는 조금도 상관없다는, 아니 상관이 없으면 좋겠다는 그런 마음이셨던 걸까요.

정확히 여덟 시가 되자 선생님은 이만 가 봐야겠다고 하셨습니다. 우리는 함께 주차장으로 걸어가 차를 타고 건물을 빠져나왔지요. 광이 번쩍거리는 하얀색 포르쉐가 가파른 주차장 길을 거슬러 오를 때, 선생님은 제게 술을 마시고 운전해도 괜찮냐고 물었고 저는 웃었습니다. 자신이 수없이 잔을 비울 동안 상대가 전혀 술을 마시지 않고 있다는 사실을 알지도 못할 만큼, 선생님은 자신의 이야기에 열중해 있었으니까요. 그런 저를 보며 선생님도 웃으셨죠. 네, 당신은 그날 많이 웃었어요. 그 웃음을 보면서, 저는 어쩜 우리가 다시 만날 수 있을지도 모른다는 생각에 부질없는 기대를 떨치려 이를 악물고 액셀을 밟았습니다.

광화문에서 출발해 마포대교를 거쳐 여의도로 가는 길. 우리는 마지막 이야기를 나눴습니다. 잘 달리던 차가 자꾸만 신호에 걸리면서, 저는 그제야 제가 이 자리에 나온 이유를 떠올렸고 선생님은 저의 호기심 어린 물음에 막힘없이 대답을 해 주셨죠. 우리를 소개해 준 지용 군과 당신은 아무 사이도 아니었어요. 당신의 별명이 올리브인 건 맞지만 그게 그와 무슨 상관인지 선생님은 알지 못했죠. 단지 외국에 있다는 선생님의 친구가 지용 군의 개인 불어 교

사였고, 선생님은 친구에게 제발, 내일 당장, 아무나, 이야기 상대
를 해 줄 사람 하나만 소개해 달라는 부탁을 했던 것뿐. 그래서 그
친구는 지용 군에게 SOS를 쳤던 것이고 그는 또 나에게……. 그렇
게 된 거였죠. 선생님의 말을 듣고 나서 제가 "아, 그래서 그 '아무
나'가 바로 저였군요."라고 자조적으로, 그러나 농 비슷이 얘기했을
때 선생님이 "아니에요."라고 하지 않고 "미안해요."라고 하셔서 저
는 마음이 좀 아팠습니다. 선생님은 오늘밖에 시간이 없었고, 누구
라도 만나지 않으면 견딜 수 없을 만큼 지치고 외로웠다는 것을 조
금은 알았기 때문이었지요.

만약 당신이 정신과가 아닌 피부과나 안과 의사였다면 저는 굳
이 선생님이라고 부르지는 않았을 겁니다. 그러나 정신과 치료 경
험이 있는 제게 당신은 그래서 '선생님'일 수밖엔 없었고, 처음엔 손
사래를 치며 싫어하셨지만 이내 그 호칭을 받아들이셨지요. 그러니
저는 선생님에게 누구라도, 혹은 아무나가 되어 드린 대신 선생님
은 저의 일일 정신과 주치의가 되어 주신 셈이었습니다. 괜찮은 거
래였죠. 선생님은 이야기 상대가 필요했고 저는 글을 쓰면서 생긴
어떤 고민 때문에 마침 상담이 필요하던 참이었으니까요. 조금 돌
려 말해야 하긴 했지만.

마침내 헤어져야 할 시간. 저는 여의도 KBS 본관 바로 앞에

있는 한 오피스텔 지하 주차장에 안전하게 선생님의 차를 대 드렸고, 차에서 내린 우린 나란히 엘리베이터를 타는 곳까지 걸어가 문 앞에 섰습니다. 마지막 인사를 뭐라 할까 궁리하던 제가 "진짜 선생님 김정희 씨가 맞는 거지요?"라고 다시 한 번 묻자 선생님은, 끝까지 대답을 하지 않은 채 그저 우리가 처음 만났을 때처럼 덤덤한 웃음으로 대신하고는 안으로 사라져 버렸습니다. 그것으로 끝이었죠. 저는 곧바로 건물을 빠져나와 방송국 앞에 줄지어 서 있는 택시 중 한 대를 잡아타고는 성북동으로 돌아가 버렸으니까요. 수연산방 근처에 초라하게 숨겨져 있던 저의 차를 찾기 위해서.

가는 길에 택시 안에서, 헤어지기 전 그날 거의 처음 제대로 본 선생님의 커다랗고 쌍꺼풀진 눈을 떠올리면서 전 고마웠습니다. 여섯 시간을 같이 있는 동안 내가 마주 보는 것을 힘들어한다는 그 한마디에 당신은 내내 제 옆에만 있어 주었으니까요.

차가 수연산방 근처에 거의 도착할 무렵, 이런저런 생각들로 머리가 어지러울 때 선생님은 제게 메시지 한 통을 보내오셨습니다.

인생은 단순해요. 우리 머릿속이 복잡할 뿐이지.

그것이, 제게 주신 처음이자 마지막 연락이었죠. 즐거웠다, 안

녕히 주무시라 인사하는 척하며 은근슬쩍 질문 섞인 답장을 보내 봤지만, 당신은 닷새째 아무런 대답이 없었으니까요. 늘 그렇듯, 답이 없는 것이야말로 가장 확실한 답이겠지요.

선생님. 만약 당신의 눈이 홑꺼풀이었다면, 그리고 머리가 짧았다면 전 선생님에게 연락을 한 번 더 해 봤을까요? 엘리베이터를 타시기 전, 집에 잠깐 들러 차 한잔 마시고 가면 안 되겠냐고 은근한 수작이라도 부려 봤을까요? 모르겠습니다. 그저 어디에 계시든 편히 잘 지내시길.

이만 물러갑니다.

너무 아쉬워 마.
모든 것에 여전히 새로운 시작이 기다리고 있을 뿐이니까.

2부

1

철수

    조실부모하고 소아마비로 다리까지 저는 철수는 인쇄 공장에서 잡역부로 일하며 홀로 살아가는 외로운 인생이었다. 몸이 불편한 데다 얼굴 생김새까지 험악해 일생에 연애라곤 해 본 적이 없었다. 서른여섯이 된 올 초, 어렵사리 모은 돈 오백만 원을 소개비로 지불하고 베트남에서 온 신부를 맞이하려 했지만 차일피일 소개를 미루던 소개 업소 사장이 어느 날 가게 문을 닫고 줄행랑을 치는 바람에, 유부남이 되고자 했던 꿈은 결국 물거품이 되고 말았다. 남들처럼 정상적인 경로로는 도무지 이성을 만날 기회가 없었던 철수는 앞으로도 죽을 때까지 그러할 것을 알았지만 그렇다고 그가 절망에 빠져 극단적인 선택을 한 것은 아니다. 속이 조금 쓰리기는 했지만 이런 불행에는 워낙 익숙했으니까. 내일이면 다시 인쇄소에 나가야 하니 가서 정신없이 일하면 다 잊힐 일.

'그런 다음엔 또 다른 불행이 날 기다리고 있겠지.'

2

불운 올림픽

　며칠 후, 공장에 다녀와 저녁으로 짜파게티에 찬밥을 비벼 먹
고 있는데 TV에서 희한한 뉴스가 나오고 있었다. 잠실에서 세계
불운 올림픽이라는 별 요상한 대회가 열리는데 정체를 알 수 없는
한 독지가가 이 세상에서 가장 운이 없는 사람에게 상금 백억 원을
준다는 내용이었다. 세상에서 가장 운이 없는 사람을 뽑아 백억을
줌으로써 하늘 아래 불운이란 건 없다는 걸 증명하기 위해서라나?
철수는 그게 무슨 말인지 왜 저런 짓을 하는지 알 수 없었지만 운이
없기로는 세상 그 누구에게도 뒤지지 않는다고 자신했기에 일단 서
류 심사에 응모하기로 했다.

머피의 법칙이라는 말이 세상에 알려지기도 전부터 철수는 그런 법칙이란 게 있다는 걸 자신의 전 생애를 통해 증명해 온 사내였다. 정말이지 큰 것 작은 것 가리지 않고 아주 다양하게 재수가 없었다. 그의 어머니는 그를 낳다가 돌아가셨으며 그의 아버지는 그의 임신 소식을 듣고는 도망가 버려 얼굴 한 번 본 적이 없다. 어려서는 신발을 사러 가면 멀쩡했던 동네 신발가게가 망해서 문을 닫았고, 커서 본인이 사업을 하겠다고 치킨집을 차렸을 땐 IMF가 와서 나라가 망해 버렸으며 유일한 친구였던 민기는 그를 만나러 오다가 속도 제한 도로에서 교통사고를 당해 운전석에서 배가 쩍 갈라진 채로 죽고 말았다. 근처에 초등학교가 많아 최고 속도 시속 사십 킬로 제한이라 사고가 나려 해도 날 수 없는 곳이었다. 하나밖에 없던 친구의 영정 사진을 보며 철수는 얼마나 울었던가. 이 모든 게 자기 때문이라는 생각에.

한 달 후. 철수는 서류 심사를 가볍게 통과하고, 일생의 불행을 한 큐에 만회하게 되었다며 의기양양 대회장이 있는 잠실로 향했다. 유일한 혈육인 숙모의 배웅을 받으며 철수는 백억이 생기면 숙모에게 한 천만 원쯤 떼어 준 뒤 예쁜 신부를 맞이해서 강남 한복판에다 대궐 같은 집을 짓고 아들딸 낳고 왕처럼 살리라 생각했다. 설령 백억이라는 돈을 받게 된들, 절반에 가까운 엄청난 금액을 세금으로 내야 하며, 그것 아니라도 그 정도 돈으로는 결코 강남에서 왕처럼 살진 못한다는 현실조차 모르는 철수였다. 대회가 열리는 잠실 체육관 주변은 이미 소식을 들은 전 세계의 재수 없는 사람들로 가득 차 있었다. 아무래도 한국에서 열리는 대회니 만큼 한국인들이 많았지만 탈북자에 조선족, 백인 원어민 영어 강사, 주한미군으로 복무하고 있는 군인들까지 세상에 재수 없다는 놈들은 모조리 모인 것 같았다. 대기표를 받으려고 긴 줄 끝에 서 있는데 누군가 서류 심사로 예선을 통과한 사람들만 삼만 명이라고 외치자 여기저기서 탄식이 쏟아졌다. 이런 젠장. 홀리 쉿. 한참을 줄 서 있던 철수는 자기 바로 앞에 서 있던 조선족 젊은이 구남을 만나 누가 더 재수가 없는지 입씨름을 하다 친구가 되었다. 주거니 받거니 서로의 사연을 견줘 본 결과 이 구남이라는 친구, 자기만큼은 아니지만 예사롭지 않은 사연을 가진 인물이어서 철수는 그 불행하디 불행한 이력에 은근한 동질감도 들었고 연배도 아래인 데다 하는 행동도 싹싹해 정이 갔다. 어차피 일등은 자기가 할 거 심부름 시켜 먹을 놈 하나쯤 알아 두는 것도 나쁘진 않을 것이었다. 자정이 넘어 겨우 번호표를 받은 두 사람은 근처 찜질방으로 자릴 옮겨 밤이 새도록 서로 자기가 더 불행하다며 싸우다 지쳐 잠이 들었다. 다음 날. 두 사람은 사이좋게 각자 우승을 장담하며 대회장 안으로 나란히 들어섰다. 삼만 명이라는 얘기는 들었지만 철수는 막상 새까맣게 경기장 안을 메우고 있는 사람들을 보면서 그만 질려 버리고 말았다. 대체 이 많은 사람들 중 어떻게 해서 일등을 뽑겠다는 걸까. 철수는 뭔가 됐든 자신의 사연을 얼마나 슬프고 극적으로 전달할 수 있을 것인지가 관건이라 생각했지만 잠시 후, 사회자가 나와 경기 방식을 발표하자 다른 참가자들과는 전혀 다른 이유로 경악을 하고 말았다. 왜하필 그것이란 말인가. 도대체 왜. 와이…….

3

희망

그것은 다름 아닌 가위바위보였다. 삼만 명이 토너먼트 방식으로 가위바위보를 해 최후까지 살아남는 사람이, 다시 말해 가장 많은 횟수를 져야 일등을 차지하게 된다는 것이었다.

"이런 니미럴."

일생에 풀리는 일이라곤 없었고 가진 재능 또한 없었지만 하필한 번도 져 본 적이 없던 가위바위보라니. 중학교 때 창경궁으로 소풍을 가서 반 대표로 가위바위보 대항전에 나갔던 게 그가 인생에서 써 본 유일한 감투였을 만큼, 일부러 지려고 해도 그럴 수 없었던, 인생 최고의, 유일의, 그러나 아무짝에도 쓸데없던 장기였는데. 아, 정말 재수가 없어도 이렇게 없을 수가. 혹자는 가위바위보를 그렇게 잘한다면 일부러 지는 것도 가능하지 않겠냐고 할지 모르지만 철수의 가위바위보는 계산 끝에 나오는 전략적인 행위가 아니라 그저 손 가는 대로 내서 이기는 본능적인 것이었기 때문에 지고 싶다고 질 수 있는 그런 게 아니었다.

'어쩐지 내게 이런 행운이 올 리가.'

어떻든 간에 경기는 시작됐다. 벌써부터 힘이 빠진 철수는 1차전 탈락을 확신, 옆자리에 서 있던 자신만만해 보이는 상대를 향해 무기력하게 바위를 내밀었다. 진짜 가위바위보만큼은 일생 져 본 적이 없었기 때문에 더 볼 것도 없었다. 그리고 역시나 상대는 가위를 내서 철수는 이겼, 아니 지고 말았다. 져야 이기는 건데 이겨 버렸으니 결국 진 것이고 결론적으로 1차전 탈락이란 얘기였다. 그런데 이게 무슨 일일까. 낙심해서는 뒤로 돌아서는데 상대가 철수가 뭘 내는지 보고 냈기 때문에 부정 반칙으로 실격패를 한 거라는 판정이 내려졌다. 보통의 가위바위보였다면 또 모르겠는데 돈 백억이 걸린 일이다 보니 곳곳에서 같은 식의 반칙이 속출했던 것이다.

얼떨결에 1차전을 져, 아니 이겨 버린 철수는 2차전엔 틀림없이 져, 아니 이겨서 집에 가게 될 거라고 굳게 믿으며 다음 상대를 기다리고 있었다. 저쪽에선 구남이 2차전도 져서 통과했다고 소리를 치며 기뻐하는 모습이 보였다. 그래 너라도 잘해라. 마침내 철수의 2차전. 상대는 무려 어느 지방 대학의 심리학 교수였다. 자신을 노려보는 그의 눈길이 사뭇 예리하긴 했지만 어차피 이길 거 아무거나 내자는 심정으로 철수는 또다시 그냥 바위를 냈는데 이번에는 그만 진짜로 져버리고 말았다. 아까는 상대의 반칙 덕에 그런 거라 쳐도 지금은 정말로 져 버린 것이었으니 이건 정말 태어나서 처음 겪는 일이었다. 3차전, 4차전……. 철수는 계속 바위를 내서 졌고, 아니 이겼고 슬슬 우승권에서 멀어진 사람들이 경기장 안을 빠져나가기 시작했다. 가위바위보 한 판으로 만오천 명이 빠져나가고 그다음 칠천오백 명 또 그다음 삼천칠백오십 명이 빠져나가자 경기장 안은 어느새 휑했다.

철수는 슬슬 상황을 의식하기 시작했다. 가위바위보 열다섯 번을 연속해서 진다는 게 확률적으로 쉬운 일은 아니지만 돈 백억을 차지하기엔 그리 큰 행운도 아니다. 철수는 오늘 자신에게 남다른 행운이 따르고 있는지도 모른다는 생각에 목이 타들어 갔다. 그래서 한편으론 실망을 하기 싫어 눈도 한 번 질끈 감았다. 그는 끝내 자신의 것이 되지 못할 행운 때문에 결국엔 엄습할 실망감이 두려웠던 것이다. 하지만 철수는 또다시 졌고 그래서 한 단계 더 올라갔다. 마침내 남은 인원은 469명.

'아아, 제발 날 좀 집에 보내 달라고!'

철수는 두려움에 절규했다. 하지만 이미 머릿속은 걷잡을 수 없는 기대로 들끓고 있었고 불길한 행운은 좀처럼 그를 놓아 주지 않을 기세였다. 저쪽에서 누가 손을 흔들어 쳐다보니 구남 또한 469명 안에 들어 있었다.

4

행운

469명에서 235명으로, 그리고 118명에서 다시 59명, 30명, 15명.

설마 하던 일이 현실이 된다고, 마침내 철수는 최종 여덟 명 안에 들고 말았다. 주위를 돌아보니 다른 일곱 명 또한 자기들이 무려 이만구천구백여 명을 물리치고 지금까지 살아남았다는 사실이 믿기지 않는 듯 얼굴이 벌겋게 상기되어 있었다. 철수는 가만히 셈을 해 보았다.

8

4

2

1

이제 세 번만 더 지면 백억은 그의 것이 된다. 여태까지는 바위만 죽어라고 내서 어떻게 여기까진 올라왔는데 문제는 지금부터였다. 인원이 줄어들다 보니 모두가 자길 보면서 '저놈은 바위만 내는 놈' 하며 작전을 간파하고 있는 것만 같았다. 어쩌지. 마른침을 쉴 새 없이 삼키며 철수는 중얼거렸다. 진정하자…… 진정하자……. 철수는 어떻게든 마음의 평정을 찾고 뭔가 새로운 작전을 짜기 위해 애를 써 봤지만 잘되지 않았다. 한 번도 생각이란 걸 하고 가위바위보를 한 적이 없었기 때문에.

잠시 후 사회자가 나와서 말했다.

"이제 새로운 결승전 방법을 알려드리겠습니다."

뭐?

운이 좀 붙는 것 같다고 생각했는데 방식을 바꾼다니. 일렬로 서 있던 참가자 전원이 일시에 물을 찾았다. 다들 께름칙한 것이다. 다들 여기까지 올라온 오늘 자신들의 운을 놓치기가 싫었던 것이다.

철수는 지금 이 순간 자기가 운이 없길 바라야 할지 운이 있길 바라야 할지 헷갈렸다. 더 나아가 이 대회에서 우승을 하면 그건 운이 있는 건지 없는 건지 보는 사람들도 철수만큼이나 헷갈려 했다. 이 세상에서 제일 운이 없는 사람으로 뽑혀 백억을 받게 된다면 그건 운이 있는 걸까 없는 걸까. 이 문제에 대해 사람들의 의견은 엇갈렸다. 결승전을 앞둔 참가자들의 마음을 식혀 준답시고 한 철학자가 나와 이 불운 올림픽에서 여기까지 올라온 것만 해도 이미 여러분은 승자이며, 더 이상의 불행은 없는 것이라고 설교하자 다들 코웃음을 쳤다. 백억이라는 거대한 돈 앞에, 그것을 내 것으로 만들 수 있을지 모른다는 욕심에 남은 여덟 명은 거의 패닉 상태였고, 이제 1등을 해서 그 돈을 갖지 않는 한 모든 것은 의미 없는 개소리일 뿐이었다.

마침내 사회자가 다시 나와 결승전 방식에 대해 설명했다.

"제1회 불운 올림픽. 오늘 예선 서류 참가자 포함 총 백만여 명 중에 최종 선발되어 이 자리까지 살아남으신 여덟 분에게 우선 축하를 드립니다. 백억의 상금을 탈 최종 우승자를 가리기 위한 방식은 바로 글짓기입니다."

"에, 글짓기? 갑자기 뭔 소리여?"

동요한 참가자들이 여기저기서 웅성거렸지만 사회자는 아랑곳없이 말을 이었다.

"어떤 일이든 좋습니다. 태어나서 가장 운이 좋았던 기억 하나를 적어 내시면 되겠습니다."

사회자가 다른 부연 설명 없이 그대로 퇴장하자 진행 요원들이 즉시 종이와 펜을 참가자들에게 나눠 주었고 중앙 무대에 설치되어 있던 테이블로 안내된 철수의 머릿속은 복잡하게 돌아갔다.

가위바위보는 많은 사람들 중에 쉽게 탈락자를 내면서도 운 없는 놈들을 가려내기에 적절했다. 그렇다면 이 글짓기의 의도는 뭘까. 가장 운이 좋았던 기억을 써 낸다고 냈는데, 그중 제일 하찮은 걸 써 낸 놈이 더 큰 점수를 받게 되는 걸까? 그만큼 운이 없었단 얘기니까? 아냐. 너무 사소한 걸 써 내면 오히려 의도가 간파돼서 감점을 당할지도 모른다. 그럼 어쩌지. 어느 정도로 수위를 맞춰야 할까. 아닌 말로 철수는 오늘 이 안에 들어와서 벌어졌던 모든 일들이 헷갈렸다. 어째서 이곳에서는 가위바위보를 해서 이기고도 이겼다고 좋아하지 못하고 진 사람들이 이겼다고 환호를 지르는 일이 벌어졌던가. 여기선 어째서 자기가 얼마나 재수가 없는지 따위가 자랑거리가 되었으며 그걸 놓고 종일 겨루는 것으로도 모자라 이번엔 또 갑자기 재수가 좋았던 일을 써 내라고 하니 이제 와서 이 여덟 명 중에 행운의 주인공이라도 가려내자는 것인지 도통 뭐가 뭔지 알 수가 없는 거라. 그때 스피커에서 안내 방송이 흘러 나왔다.

"남은 시간 이십육 분, 이십육 분입니다."

'일단 생각은 여기까지만 하고 우선 쓰자.'

짧은 시간 동안 철수는 자신의 전 생애를 돌이켜 보려 애썼다.

그런데 뭔 놈의 좋았던 일이 이렇게 많았던 건지, 이건 마치 득도를 앞두고 마지막으로 묵언 수행을 하는 수도승을 방해하려 맹렬히 달려드는 사악한 잡념처럼, 갑자기 철수의 머릿속에는 생전 익숙하지 않던 크고 작은 기쁨과 행운의 일들이 마구 떠올랐다.

'안 돼. 이건 너무 세.'

철수는 너무 표 나게 좋았던 일들은 스킵을 해 가며 적절한 에피소드를 고르려 애쓰다 한 가지 일을 떠올렸다. 민기가 죽은 지 사년이 되던 작년 기일. 그때 납골당에서 만난 어떤 아주머니가 대뜸 철수를 보더니 그런 적이 있었다. 그렇게 그리워할 사람이 있다는 게 자긴 너무 부럽다고. 그래 철수는 슬퍼 죽겠는데 이 아줌마가 누구 염장을 지르나 싶어 확 짜증을 내지 않았던가.

"아니, 댁도 누가 있으니 여기 오셨을 것 아닙니까?"

그랬더니 그 아줌마, 이런 대답을 하는 거다. 자기는 세상 천하에 아무런 연고가 없어서 이렇게 여기 납골당에 와 사람들이 그리워하는 모습, 추모하는 모습을 지켜본다고, 그러다 보니 그게 낙이 됐다고. 허······ 그때 철수는 속으로 무슨 이런 인생이 다 있나 하는 생각에 집으로 오는 길에 내내 그 아줌마의 말을 떠올렸었는데. 그래? 하나밖에 없는 친구가 죽어 버렸는데도 그리워할 대상이 있으니 행복한 거라고? 그럴 사람조차 없는 사람도 있다고? 하지만 이 역시 적어 내기엔 적당치가 않았다. 나보다 더 불쌍한 사람이 있었다는 걸 내 입으로 털어놓고서 세상에서 제일 불행한 놈 행세를 할 수는 없는 노릇일 테니. 철수는 그 즉시 쓰던 종이를 집어 북북 찢어 버렸다. 시간은 가고, 철수는 자기도 모르게 습관처럼 다시 안 좋은 일을 떠올리려 애쓰다 맞아, 이건 운이 좋았던 기억을 쓰는 과제지, 하면서 갈팡질팡하였다.

'아, 너무 복잡하고 어렵구나.'

문득, 다른 사람들은 어떤가 싶어 주위를 돌아보니 다들 자기처럼 혼자서 미친놈마냥 중얼거리며 웃고 울고 난리도 아니었다. 행여 다른 참가자가 자기가 쓴 내용을 볼세라 멀찍이들 떨어져 앉아 몸으로 종이를 꽁꽁 가린 채 앉아 있는 폼들 하며.

그런데 이제 진짜로 시간이 얼마 남지 않았건만 철수는 한가하게도 밖에서 후드득 하고 비가 떨어지는 소리에 그저 체육관 창문 틈으로 비치는 바깥 풍경이나 내다보고 있었다. 소나기였다.

'구남이 기다리고 있을지도 모르는데⋯⋯'

5

구남

여덟 명 안에 없으니 진즉 탈락했을 터. 어제 찜질방에서 찐 계
란에 몰래 소주잔을 기울이며, 둘 중 누가 떨어지건 먼저 떨어진 사
람이 밖에서 기다려 주기로 약속했었는데. 과연 놈이 나를 기다리
고 있을까. 이 빗속에.

철수는 생각했다. 만약 구남이 지금 비를 맞으며 나를 기다리
고 있다면, 내가 밖으로 나가야 녀석이 더는 비를 맞지 않을 거라
고. 그렇다고 철수가 우산을 갖고 있던 건 아니었다. 그렇지만 그
가 이런 생각을 하는 데는 이유가 있었다. 정말로 태어나서 단 하나
의 확실한 운이 있다면 그건 가위바위보 따위가 아니라 좀처럼 비를

쫄딱 맞아 본 적이 없다는 것이었다. 우산을 안 들고 나가면 여지없이 비가 오는 건 맞다. 그건 재수 없는 놈들의 기본 중의 기본이니까. 그런데 희한하게도 한 번도 흠뻑 맞아 본 적은 없었다. 마치 그를 기다려 주기라도 하듯, 비는 언제나 올 듯 말듯 애를 태우다 철수가 절뚝이며 달려서라도 어딘가 들어가고 나서야 후드득 떨어지곤 했다. 바로 그제만 해도 인쇄소에서 집까지 걸어오는 사십여 분 동안 간간이 어깨에 툭 하고 떨어지던 빗줄기는 그가 한참을 걷는데도 결코 거세지지 않았고, 절뚝이는 걸음을 재촉해 집에 도착할 무렵이 되어서야 쏴 하고 제대로 쏟아지지 않았던가. 늘 이렇게 그가 어디론가 들어가거나 혹은 우산을 구할 때까지 비는 그를 기다려 주었던 것이다. 마침 그날은 철수의 생일이었는데 생일상을 차려 주겠다고 왔던 숙모는 오던 길에 그만 비를 제대로 맞아 수건으로 머릴 털고 있었고, 철수가 멀쩡한 차림으로 집에 들어서자 어떻게 된게 비가 너만 피해 가냐면서 조카에게 부러움 섞인 타박을 퍼부어 댔었다. 니는 이제 어디 가서 나 운 없는 놈이오, 하지 말라고. 세상에 비가 피해 가는 그런 좋은 운이 어딨냐면서. 그래 철수는 그깟 비 안 맞는 게 무슨 대수라고 그런 말을 하시냐 대꾸했었는데.

이거라도 쓸까.

철수는 마지막 남은 종이를 만지작거리며 생각했다. 태어나서 한 번도 비를 흠뻑 맞아 본 적 없다는 것이 얼마만큼의 행운인지,

그것이 누군가의 평생 최고의 행운이 될 수 있는 것인지, 철수는 가늠이 되질 않았다. 그리고 그러거나 말거나 이제 시간이 거의 남지 않아 뭐라도 써야 할 판이었다.

"남은 시간은 오 분, 오 분입니다. 제출할 내용을 정리해 주십시오."

어떤 걸 적을까 고민만 하다 이십 분이 흘렀다. 이제 와서 무슨 새로운 걸 찾아내 적을 수도 없는 노릇. 하지만 어떻게든 뭔가 써야 하는 그 절체절명의 순간에, 철수는 어쩐지 자꾸만 구남의 생각이 났다. 지금 이럴 시간이 없는데……. 철수는 말할 수 없이 초조했지만 생각해 보니 만약 진짜로 녀석이 자길 기다리고 있다면, 민기가 죽은 이후로 거의 오 년 만에 처음으로 누군가 자길 기다려 주는 것이었다. 남들처럼 스마트폰은 있으되 하루 한 통도 문자가 오지 않는 철수였다. 약속은 두어 달에 하나 있을까 말까 했고. 그리 처지가 박복하다 보니 누군가 자길 기다리고 있을지 모른다는 느낌에 목이라도 메었던 것일까. 마침내 종료를 알리는 벨이 울리기 십 초 전, 철수는 다 버리고 마지막 남은 종이 한 장에 달랑 이렇게 쓰고 말았다.

오늘 이곳에 와서 구남이란 사람을 만난 것이 내 평생의 행운입니다.

라고.

지금껏 살아오는 동안

세상은 당신에게

대체로 공평했습니까?

낯선 곳에서 길을 잃어 짜증을 내며 헤매다
보석 같은 찻집을 알게 되었을 때,
파티 같은 건 체질에 맞지 않는다며 사양하다
억지로 끌려 나간 자리에서 새 친구를 사귀게 되었을 때,
생일마다 찾는 부산의 한 호텔에 방이 없어
하는 수 없이 묵게 된 다른 곳에서
한 번도 보지 못한 해운대의 모습을 보게 되었을 때,
별다른 이유 없이 꺼려하던 어떤 사람과 인터뷰를 하느라
어쩔 수 없이 대면하고선 그 사람이 베풀어 준 호의로
무려 석 달 치의 생활비를 벌게 되었을 때…….

나는 거의 매일 일기를 쓴다.
어른이 되어서 일기를 쓴 지는 십오 년쯤 되었다.
일기는 무수히 지워졌다 새로 쓰이기도 하는데,
가끔은 예전에 써 둔 일기를 다시 읽어 보기도 한다.
이제는 분량이 워낙 쌓여서 한꺼번에 다 읽지는 못한다.
어제는 심심해서 한 오륙 년 전의 일기 이 년 치를 읽었다.
읽다 보니 그 이 년 동안
내게 수많은 크고 작은 행운과 불행이 있었는데
불행이 단지 불행으로 끝나지 않고
저렇게 뜻밖의 즐거움과 행운을 가져다준 경우가
무려 열한 번이었다.

이 년 동안, 언뜻 불행인 줄만 알았던 그 열하루는
실은 내게 행운의 날이었던 것이다.

7447. 당시 몰던 나의 차 번호다.
그 차를 처음 받았을 때
새로 부여 받은 번호의 좋고 나쁨을 가늠해 보던 나는
7과 4가 각각 두 개다 보니
이것이 행운의 차인지 불행의 차인지 알 수 없었다.
다만 그 차를 모는 동안은 어쩐지 안 좋은 일이 있어도
나중엔 꼭 행운이 뒤따라 올 것만 같은 미신과도 같은 예감에
늘 사로잡혀 있었고, 그 덕인지 실제로 대부분 그리되었다.
그래서 그 차를 모는 동안엔 4가 찾아오더라도
크게 불안해하지 않으며 그 상황을 견딜 수 있었던 것이다.
곧 뒤따라올 7을 기다리면서.

게임은 끝날 때까지 끝난 것이 아님을…….

이제는 남의 차가 되어 버렸지만
닥쳐오는 불행을 불행이라 예단하지 않을 수 있게 된 것만으로도
녀석은 분명 내겐 행운의 차였다.

3부

사람과 사람이 만나는 일은 세계와 세계가 만나는 일.
그래서 나는 사람을 만날 때 그 사람의 세계가 넓길 바란다.
내가 들여다볼 곳이 많은 사람이었으면 좋겠다.
나눌 수 있는 것들이 많은 사람이었으면 좋겠다.

하지만
가끔은 세계가 전혀 없는 사람도 있더라.

그러니 상대의 입장에서 내가 품은 세계는
면적이 얼마나 되는지도 한 번쯤 생각을 해 봐야 한다.

1

오후의 홍차

마음에 드는 찻집이 생기면 물릴 때까지 그곳만 간다. 일종의
아지트 개념이다. 난 집에서만 글을 쓰고, 쓰는 동안엔 일절 집 안
을 벗어나지 않기 때문에 작업을 쉴 때면 사람들을 몰아서 만나는
편이다(술도 좋지만 건강 때문에 아무래도 차를 더 자주 마신다).
계동에 오후의 홍차라고 있다. 아는 사람들만 아는, 홍차 좀 마신
다 하는 사람들에겐 유명한 곳이다. 첫 책 『보통의 존재』를 내고 많
은 출판계 사람들을 만나게 되었는데 그중 차 마니아인 어떤 분 덕
에 알게 되었다. 계동 현대그룹 본사 사옥을 오른편으로 두고 북촌
방면으로 한 오 분쯤 걷다 보면 골목도 아닌 것이 갑자기 안으로 푹
꺼지는 지점이 있는데, 바로 그 안에 숨듯이 자리하고 있는 비밀스

럽고 아늑한 곳. 일단 그 특이한 위치가 마음에 들었을 뿐 아니라 안에 들어가면 옛날 명동 틈새라면 본점처럼 공간이 앙증맞고 차 맛도 소문만큼이나 훌륭했다. 가게는 삼십 대 초반쯤으로 보이는 젊은 여주인이 혼자 꾸려 가고 있었다. 곧고 긴 머리의, 태도가 서글서글하고 친절한 사람이었다. 나는 친절한 게 좋다. 가식일지언정 눈앞에서 예의 바른 사람이 차라리 낫다고 생각할 만큼. 하물며 이 여주인처럼 직업적 친절이라곤 느낄 수 없을 정도로 자연스럽고 세련되게 사람을 대해 주면 그런 곳은 자꾸 찾을 수밖엔 없는 것이다. 처음 그 집엘 갔던 건 삼 년째 소설을 쓰느라 몸도 마음도 만신창이가 되어 있던 어느 가을이었다. 아는 출판사 에디터를 따라 가게 된 것이었는데 같은 디자인이 하나도 없던 가게 안의 모든 테이블과 의자들이, 산만하기는커녕 뭔가 절묘하게 질서가 부여되고 조화를 이루고 있는 모습에 나는 도무지 정리가 되지 않는 내 소설을 떠올렸고, 그에 어떤 교훈이라도 받은 듯 한동안 열심히 그곳을 드나들게 되었다. 곧 소설 때문에 이내 발길을 끊어야 하긴 했지만.

"야, 잠깐만. 가위바위보로 뭘 어쩐다구?"

시간은 흘러 이듬해 가을.『실내인간』이라는 장편 소설을 발표한 지 얼마 되지 않아서였다. 2010년에 나왔어야 할 소설이 2013년에 나오다 보니 계약이 밀려 쉴 틈도 없이 새 글에 들어가야 했는데, 사 년이나 걸린 소설 쓰기의 후유증도 컸거니와 쓰는 과정에서 생긴 어떤 고민 때문에 도무지 글을 쓸 수도 읽을 수도 없는 거라. 그날도, 고작 가위바위보로 대회를 한다는 황당한 내용의 이야기나 친구에게 들려줬다가 면박만 당하고 만 터였다.

"야, 이런 말도 안 되는 거 말구 『보통의 존재』같은 걸 쓰라니 까. 넌 그래야 팔려."

그래…… 나도 그렇다고 생각은 했었어. 나는 낙담하여, 익숙 한 듯 체념 섞인 한숨을 쉬고는 전화를 끊었다. 그러고는 문득 작년 이맘때 한동안 들락거리던 그 찻집이 생각난 것이다. 그곳에 가면 어쩐지 내 이 찌푸린 기분을 달래 줄 것만 같은 조용하고 아늑했던 곳. 글을 쓰느라 집에만 틀어박혀 있은 지 석 달. 그곳을 다시 찾은 건 꼭 일 년 만이었다.

안부

"소리 내지 않아도 늘 그 자리에."

2

오후의 홍차 2

찻집 앞 거리는 작년 모습 그대로였다. 아직은 여름 더위가 남아 있어 가게들은 에어컨을 트느라 문을 꽁꽁 닫고 있었고 기분 때문인지 차를 마시러 가는 내 마음도 축축 늘어지는 것만 같았다. 그런데 처진 기분으로 별 기대 없이 가게 문을 열고 들어서는 순간 뜻밖의 반전이 나를 기다리고 있었다. 여주인이 일 년 만에 찾은 나를 알아보는 건 물론 거의 진심인 듯 반겨 사람을 감격시키더니 놀랍게도 그 길던 머리까지 시원한 단발이 되어 있었던 것이다. 얼떨떨한 기분으로 자리에 앉은 나는 외국 패션 잡지에서나 보던 세련되고 산뜻한 주인의 숏커트 머리를 보면서, 내가 알던 그 사람이 맞나 싶은 생각이 들었다. 긴 머리에 가려 있던 뭔가 모를 포스 때문이었을까. 그날 파랗고 노란 테이블보와 꽃들이 화사하던 그 작은 공간에 앉아 차를 마시면서, 나랑은 상관도 없는 사람의 단발에 왜 그렇게 설레어 했던지. 나는 어느새 내게 소중한 공간으로 자리하게 된 이 찻집이 오래도록 문 닫지 않고 이 자리에 있었으면 하는 마음에 벌써부터 비어 있는 테이블을 걱정하는 지경에 이르렀다. 늘 그렇지만 난 뭔가 좋아지면 그걸 잃을 걱정부터 하는 놈이니까.

그런데 생각지도 못했던 문제가 생겼다. 앞서도 말했지만 난 작업을 하지 않을 때면 그동안 못 만났던 사람들을 몰아서 만난다. 해서 그날 이후 스스로 정한 일주일의 휴식 기간 동안 그곳에서 부지런히 친구들을 만나게 되었는데 하필 그 모두가 여자 친구들이었다(왜 그런지 난 남자보다 여자 친구가 훨씬 더 많다). 문제는, 시간이 지날수록 나를 보는 주인의 표정이 뭔가 예사롭지가 않다는 것이었다. 그렇게 사분사분하던 사람이 삼 일쨰인가 사 일쨰부터 나만 가면 얼굴이 굳어지는 게, 매일 다른 여자들을 데려가서 그러나? 아니 설사 내가 정말 맨날 상대를 바꿔 대는 바람둥이든 아니든 저 사람이 그걸 왜 상관한단 말인가. 어쨌거나 이미 그곳을 몹시도 애정하게 된 나는 나만 보면 굳어지는 주인의 시선이 점점 불편해지기 시작했다. 이제 며칠 뒤면 나는 또 글을 쓰느라 집에 틀어박혀야 하고 그러면 한 몇 달간은 집에 갇혀 있으면서 오로지 이곳에 들러 사람들을 만날 꿈에 그 시간들을 견디려고 했는데.

마침내 일주일이 되던 날. 내가 만날 사람은 하필이면 또 여자였다. 나는 영화 편집 기사로 유명한 남나영이라는 친구를 만나기 위해 발길을 다시 한 번 계동으로 향했다. 기왕에 한 약속인데 굳이 장소를 바꾸고 싶지도 않았고 남자를 하나 끼워 넣으면 좀 낫지 않을까 싶어 급하게 부를 만한 놈을 섭외해 봤지만 여의치가 않았다. 내 인맥은 여기까지가 한계니까. 아무튼, 만약 여주인이 오늘도 그러면 한번 대놓고 물어볼 작정이었다. 도대체 나한테 왜 그러는지.

너는 너라서 그런 표정을 짓고 그런 말을 하지.
나는 나라서 이런 행동을 하고 이런 생각을 해.
우리는 그렇게 다른 사람들인데
왜 네 기준을 함부로 남에게 적용하는 거니.

3

오후의 홍차 3

　문을 열고 찻집 안으로 들어가니 그날따라 손님이 없었다. 주
인은 나를 보는 순간 여지없이 멀쩡하던 얼굴이 굳어지는데, 마침
나영이한테서 늦는다고 연락이 와 달랑 테이블 네 개짜리 좁고 빈
공간에서 단둘이 이십여 분을 앉아 있어야 했다. 가게가 워낙 작아
서로 눈 돌릴 데도 없고 거의 매일 들락거린 처지에 무슨 말이라도
하지 않으면 안 될 것만 같은데 주인은 내키지 않는 남자와 억지로
차라도 마시는 사람처럼 우거지상이니……

　끼기긱.

　긴 시간이 흐른 뒤 누군가 문을 열고 들어오는데 한 무더기의
새로운 손님들과 뒤미처 모습을 드러낸 나영이었다.

"미안. 늦었지."

반가움과 함께 마침 이 집의 간판 메뉴 중 하나인 고소한 카스
테라 냄새가 진동을 하자 난 잠시나마 주인에 대한 원망을 잊게 되
었다. 그러고 보니 주인은 내가 이곳에 처음 왔을 때 보였던 그 미
소 그대로 사람들을 반기고 웃으며 마치 티파티라도 주최하고 있는
성공한 사업가마냥 생기를 뿜고 있었다.

'그래. 내가 저런 매력에 반해 이곳을 좋아하게 되었지.'

나는 새삼 여주인과 이 공간에 대한 나의 애정을 확인하면서 그
동안의 내 모든 오해가 오해였다는 걸 그녀가 확인시켜 주었으면 하
고 바랐다. 그러나 유감스럽게도 여주인은 우리 테이블로 오는 순
간 또다시 얼굴이 굳어졌고 그걸 보는 내 표정도 따라서 어두워지고
말았다.

'도대체 당신…… 나한테 왜 그러는 거야?'

일단 차를 시켰다. 기왕 왔으니 카스테라도 한 쪽. 어쩜 이게
마지막이 될지도 모르니 좋아하는 것들을 모조리 먹고 가야겠다는
심정이었다. 차를 기다리며 티 안 나게 주인을 힐끔거리는데 대충
스토리를 알고 있는 나영이가 귓속말을 걸어왔다.

"저 여자 네가 좋아서 저러는 거 아닐까?"

"말이 되는 소릴 해라."

"아냐, 니 팬일 수도 있지."

물정 모르고 헛다리를 짚는 나영이에게 난 단호히 속삭였다. 내게 팬 같은 게 있을 리 없고, 더군다나 내가 누군지 모르는 여자가 나를 좋아할 가능성은 조금도 없다고.

"어째서?"

"뭐가 어째서야. 나 작업 들어가면 완전 바보 되는 거 몰라? 괜히 별명이 금치산자냐구. 게다가 여기는 청와대랑 현대 근처라서 대기업 간부들이랑 막 잘나가는 사람들도 많이 오는 곳인데 이런 찻집의 주인이 뭣 때문에 나 같은 걸 좋아하겠냐."

나는 마침내 결심을 굳히곤, 이곳에서의 마지막이 될지 모를 잔을 마저 비운 후 자리에서 일어나 날 영원히 머릿속에서 지워 버린 옛사랑처럼 냉담한 표정의 그녀에게 뚜벅뚜벅 걸어갔다. 그녀는 내가 계산을 하려는 줄 알 테지만 실은 물어볼 말이 있어서였다.

"저기, 혹시……."

그때, 주머니에 넣어 둔 휴대폰이 툭 하고 무슨 물건이라도 배달된 양 무심히 진동을 했다.

하필 누가 이런 순간에.

어색하게 한 걸음 물러나 얼른 주머니에서 휴대폰을 꺼내 확인해 보니 짧은 문자가 한 통 와 있었다.

소송 완료. 이제 자유인.

이게 뭐야? 모르는 번호였다. 확인 버튼을 눌러 들어가 봤더니 글쎄 몇 달 전에 수연산방에서 만나 소개팅을 했던, 아, 까맣게 잊고 있었는데. 결코 그날 이후 다시는 연락을 하지도 만나지도 못할 거라 생각했던 그 김정희. 포르쉐 몰던 의사 김정희였다.

무수히 많은 순간들이 모여 영원이 된다.
하여 순간은 작지만 빛나는 영원의 조각들.
그 아름다운 조각들을 너와 함께 새기려는 게 그리 큰 욕심일까.

4

재회

그 짧은 문자가 무엇을 의미하는지는 두말할 필요가 없었다.
상황은 내 예상보다 빨리 닥쳐서, 상대는 답장도 기다리지 않고 재
촉하듯 두 번째 문자를 보내왔다.

오늘 저녁에 뭐하세요? 한 여섯시쯤.

이번에도 짧았다. 그리고 원하는 바가 명확했다. 시간을 확인
하니 현재 시각 오후 두 시 사십 분. 지금은 대답으로 보낼 문자의
내용을 다듬고 앉아 있을 시간조차 없다. 여자의 콜에 응하는 건 당
연한 것이고 문제는 어떤 꼴로 나가느냐였으니까.

내가 여자를 만날 때 기본적으로 하는 준비는 세 가지다. 첫째, 평소보다 정성들여 씻는다. 둘째, 어차피 비주얼로 승부하긴 글렀으니 옷이라도 무던하게 입는다. 셋째, 세차를 한다. 그러나 나는 지금 평소처럼 눈곱만 뗀 채 친한 친구를 만나러 나와 있는 상황이고(원래 글을 쓸 때는 손가락 하나 까딱하기 싫어지기 때문에 자주 이런다), 남은 시간은 고작 세 시간 십오 분뿐이니 이를 어쩐다. 급히 주인에게 종이와 펜을 빌려 분 단위로 쪼개 가며 계획을 세웠다(그렇다. 문자를 받는 순간 찻집 주인과의 일들은 내게서 완전히 사소해져 버리고 말았다). 즉시 이곳에서 나가 택시를 타고 집으로 날아가서(45분), 빛의 속도로 씻고(25분)……. 이런 식으로 계산을 해 보니 어떤 과정에서든 조금이라도 지체가 되면 늦을 수 있는 상황. 일단 광화문에서 보는 걸로 하고 구체적인 장소는 추후 알려 주겠다는 문자를 추가로 보낸 후, 난 근 이 년 만에 만난 친구를 홀로 남겨 두곤 그대로 찻집을 나와 버렸다. 나영이가 주책맞게 찻집 여주인과 나에 대해 무슨 말을 하든 상관없었다. 누군가 내게 관심을 보이고 나와 만나길 원하고 내게 자기 마음을 드러내는 이런 상황을 겪어 본 지가 너무나 오랜만이어서, 나는 거의 정신을 차릴 수가 없을 지경이었다.

택시를 타고 집으로 가면서 그 밖에 체크해야 할 것들을 생각했다. 어디서 만날까. 뭘 먹을까. 포르쉐 모는 의사와는 뭘 하면서 시간을 보내야 하는지 내겐 도무지 데이터가 없다. 계획보다 팔 분 늦게 아파트에 도착, 사 층에 있는 우리 집으로 나는 듯이 뛰어 올라가 그 어느 때보다 정성껏 샤워를 했다. 늘 하던 순서대로 우선 머리부터 감고 그다음 면도를 하는데, 너무 완벽을 기하려다 오히려 입술 바로 위 살갗이 벌에 쏘인 멍청이처럼 벌겋게 부어오르는 참극이 벌어지고 말았다.

'이런 등신아. 이 아무짝에도 쓸모없는 잉여 머저리 같은 놈아.'

나는 조심스럽지 못했던 자신을 저주하면서 재빨리 거실을 가로질러 베란다로 내달렸다. 흥분으로 거의 바닥에서 발이 떨어져 있는 것만 같았다. 주여, 부디 내 예상이 틀리지 않게 하소서. 그녀가 나와 뭔가 시작하기 위해 연락한 것이 틀림없게 하소서. 그리고 그 결심이 나를 만나 돌아서지 않게 하소서. 약상자에서 오래돼 말라비틀어진 후시딘을 찾아 급한 대로 부은 곳에 엷게 펴 바른 후 바람이 센 업소용 드라이기로 머리를 말리며 옷을 골랐다. 먼저 중요한 날이면 입는 캘빈클라인 무늬 없는 진홍색 사각 팬티를 입고 아끼는 폴스미스 양말을 신는다. 오늘 밤 아무 일도 일어나지 않겠지만 자신감 차원에서 속옷은 중요하니까. 다음, 언젠가 사 놓고 한 번도 입지 않은, 나에겐 나름 스키니한 데님을 입고 욕실 거울 앞에 서니 요즘 너무 과식을 했는지 엉덩이가 볼록한 게 영 보기가 싫다. 얼른 백화점에 가서 배와 힙을 가려 줄 상의를 한 벌 사야지. 시계는? 차지 않는다. 원래 반지, 목걸이, 팔찌 등 몸에 아무것도 걸치지 않는다. 향수도 쓰지 않아서, 오늘처럼 신경을 써야 하는 날엔 단지 몸에 바르는 것들을 조금 더 세심히, 조금 더 많이 바르는 것으로 대신하는 편이다.

집에서 할 수 있는 모든 준비를 마치고 지갑과 휴대폰과 차 키와 립밤을 빠짐없이 바지 주머니에 불룩하게 챙겨 넣고선 아파트 마당으로 내려가 마침 들어온 택시를 타고 명동 롯데로 향했다. 주차장에 세워져 있던 내 검은 차에 비둘기들이 허연 똥을 미친 듯이 싸놓은 것을 확인한 직후였다. 일생을 변함없이 혐오스러운 하늘의 쥐 같은 존재들……. 그래. 어차피 거지 같은 차 가지고 나가 봤자 이번에도 또 어딘가에 숨겨 놓고 다녀야 할 처지라면 차라리 잘된 건지도 모른다. 느릿느릿 가서 평소엔 별로 좋아하지 않는 개인택시를 타고 하느님 부처님께 빌면서 계획보다 십육 분 늦게 백화점에 도착했다. 너무 공복이면 자신감이 떨어지므로 우선 지하로 내려가 김밥 반 줄로 간단히 요기를 한 뒤, 오 층 남성 의류 코너로 에스컬레이터를 타고 올라갔다. 자주 가는 몇몇 매장을 재빨리 훑어보니 다행히 시리즈라는 브랜드에 살 만한 티와 셔츠가 각각 한 장씩 있었다. 아직 여름옷들이 지천이라 어렵지 않게 찾아낸 것들이었다.

둘 중 어느 녀석으로 할지 결정할 시간을 벌기 위해 그사이 화장실로 가 양치를 했다. 약속 시간까진 정확히 삼십 분. 치카치카

이를 닦으며 나는 생각한다. 저 셔츠는 너무 드레시해서 신경 쓴 티가 날지도 모른다. 내가 그날 그녀에게 점수를 땄다면 그건 성사 가능성을 생각 안 해서 차림도 편했고 행동도 자연스러웠기 때문일 텐데 오늘 난 이미 상대를 너무나 의식하고 있지 않은가. 긴장은 패망으로 가는 지름길. 나는 실로 오랜만에 느껴 보는 야릇한 기분을 애써 떨치려 찬물로 세수를 한 후 다시 매장으로 가 조금 헐렁해 보이는 네이비 계열의 린넨 티를 샀다. 시샤모같이 삐쩍 마른 남자 직원이 스팀다리미로 새 옷의 접혀 있던 주름을 펴 주는 동안 나는 계산을 한 후 거울 앞에 서서 내 모습을 바라보았다. 모든 게 갖춰졌어도 저 우울한 본판만은 어쩔 수가 없구나. 하지만 이건 정말 내 힘으론 어쩔 수가 없는 일. 입고 있던 넝마 같은 티를 벗어 직원에게 버려 달라고 부탁한 후 새로 산 옷으로 갈아입고선 서둘러 백화점을 빠져나와 약속 시간 사 분 전 광화문 교보 정문에 도착했다. 좀 더 근사한 곳을 가야했지만 심각한 결정 장애 때문에 다른 곳이 얼른 떠오르지 않았다. 어차피 서점 데이트를 할 수 없는 사이라면 나랑은 가능성이 없는 걸 테니.

드디어 다섯 시 오십팔 분. 서점으로 들어가 심호흡을 한 번 하고는 도착했노라 문자를 보냈다. 지난번 만났을 때부터 오늘까지 둘 사이에 오간 문자가 벌써 여섯 통이 쌓여 있었다. 생각해 보면 소개팅을 한 상대가 하루 더 보자고 했다고 해서 관계가 큰 진전을 보았다고 여기는 것은 성급한 일일지 모른다. 단지 탐색전의 기회가 한 번 더 주어진 것일 수도 있으니까. 그렇지만 서점 푸드 코트의 아이스크림 가게 베스킨라빈스에서 나란히 앉아 다정하게 이야기를 나누는 커플을 보면서, 나는 문득 우리가 만난 첫날 내내 내 옆에 앉아 나를 배려해 주던 그때 그녀의 모습이 떠올랐다. 그래, 이제 그 여자를 만나는 거야! 나도 여자 친구가 생기는 거야! 그렇게 얼간이처럼 흥분하고 있는데 잠시 후, 답장 없이 그녀가 눈앞에 나타났다. 복도 쪽 소설 코너 입구. 무릎 위까지 떨어지는 하얀 스커트에 긴 머리를 단정하니 뒤로 넘겨 묶고선 그녀는 매끈한 이마를 드러낸 채 나를 보며 환하게 웃고 있었다. 김정희였다.

서점

평생을 드나들었어도
나를 알아보는 이 하나 없고
나 또한 얼굴을 익히고 있는 사람 하나 없는 곳.
그래서
내가 누구든 상관없이 맘 편히 찾을 수 있는 곳.
만 원 안짝이면 원하는 것을 하나쯤 손에 넣을 수 있고
누구도 다급하게 이 책 좀 사라고 소매를 잡아끌거나
막판 떨이 70퍼센트 세일이라며 확성기에다 대고
고래고래 소리를 치지 않아 좋은 곳.
무슨 일이 그리 급한지 앞사람을 밀치며 지나가거나
타고 있던 사람이 내리기도 전에 먼저 엘리베이터에 올라타는
사람은 아주 가끔만 있는 곳.

나는 오늘도 서점엘 간다.
일이 있어도 가고 없어도 간다.
사람을 만나기 위해서도 가고
책을 사기 위해서도 가고
그냥 야채 김밥이 먹고 싶어서도 간다.

할 수 있는 일이 아무것도 없다고 느껴질 때
작은 희망도 찾을 수 없을 것만 같을 때
사람들은 어떻게 스스로를 위로할까.

그럴 때도 나는 서점에 간다.

5

탐색

아, 그러나, 나는 예상치 못한 그녀의 뒷모습을 보곤 당황하고
말았다. 그녀가 꼭 아이처럼 굵고 길게 머리를 땋고 있었기 때문이
었다.

나는 여자와 간단한 인사를 나눈 뒤 누군가의 환대를 애써 뿌
리치기라도 하듯 서둘러 근처 푸드 코트로 이동해 초입에 있는 커피
코너에 자리 잡고 앉았다. 하얀 바탕에 검은색 가로 줄무늬가 프린
트되어 있는 아이스버그풍 반팔 셔츠를 입은 그녀는 두 손을 테이블
위에 올려놓은 채 손가락을 불안하게 놀리며 웃고 있었다. 손톱에
는 투명한 매니큐어가 발라져 있었고 옆자리엔 샤넬 백을 놓아둔 채

였다. 문제는, 문제라는 표현을 써야 한다는 게 유감스럽긴 하지만 그녀의 너무 밝은 표정과 필요 이상으로 내게 집중하고 있는 눈빛이 어쩐지 나를 밀어내고 있었다는 것이다. 지난번처럼 담백한 태도를 유지해 준다면 좋으련만. 물론, 상황을 이해해야 한다. 지금 이 사람은 기나긴 소송의 고통 속에서 막 벗어난 참이고 그래서 종일 호들갑을 떤 나보다도 더 붕 떠 있는 걸 테니까.

　우선 의례적인 안부를 주고받고 나서 딸아이의 안부까지 물으려다 어쩐지 그건 좀 아닌 것 같아서 마는데 여자는 계속 나를 보며 웃고 있다. 그녀가 옆으로 고개를 돌릴 때마다 굵게 땋은 머리는 참 힘차게도 흔들렸다. 그래서 였을까. 다른 모든 차림의 훌륭함에도 불구하고, 나는 도무지 온전히 그녀에게 집중할 수가 없었다. 알고 있다. 지금 내가 이렇게 되도 않는 까탈을 부리는 것은 상대의 문제가 아닌 내 불안의 산물이라는 것을. 하루 종일 그토록 기대하고, 설레어 하던 감정이 이렇게 사소한 문제를 구실로 널을 뛰고 있다는 건 뭘 의미할까. 나는 지금 글을 쓰고 있는 중이고(정확히는 글이 안 돼 애를 쓰는 중이고), 일단 작업에 들어가면 나는 모든 사고와 감각과 판단이 과도해진다. 남들이 볼 때 아무것도 아닌 문제, 이를테면 그녀'가'로 해야 할지 그녀'는'으로 해야 할지 따위의, 조사 하나를 놓고 일주일씩 고민하는 그런 민감함이 현실에까지 투영되고 있는 것이다.

아, 내가 작업을 하지 않을 때 우리가 만났더라면. 하지만 만남이란 건 원래 어떤 식으로든 어긋남을 동반하기 마련 아닌가. 언제 인연이 내가 맞이할 준비가 되었을 때 찾아온 적이 한 번이라도 있었던가? 나는 언제나 내가 좀 더 성숙했을 때, 경제적으로든 사회적으로든 보다 안정되어 있을 때, 좀 더 넓어지고 깊어지고 아무튼 내가 조금은 더 잘나가고 조금은 더 괜찮은 사람일 때 누군가를 만나길 바랐지만, 나는 결코 그런 사람이 되어 본 적 없었고, 여전히 이렇게 상대를 앞에 두고 또 아쉬워하고 있지 않은가. 그런데도 난 언제까지 상대의 완벽함을 통해 내 결핍을 보상받으려는 노력을 되풀이해야 할까. 그럴 바에는 차라리 나라는 사람은 죽을 때까지 불완전한 존재일 것임을 알고, 그렇게 서로의 불완전함을 인정한 상태에서 누구든 받아들여야 하지 않을까? 어쩌면 그 모든 모자람을 극복하기 위한 노력이 사랑이 아닐까?

그렇게, 나는 앞에 사람을 두고서 혼자 소리 없이 내면의 전쟁을 벌였고, 누군가와 뭔가를 시작해 보려는 순간의 나의 이 불안을 나의 문제로 받아들이자, 비로소 그녀가 보이기 시작했다. 의사인 만큼 공부만 했을 터이고, 멋을 내는 덴 보통의 다른 이들보다 서투를 수밖엔 없을 한 사람의 모습이. 게다가 오늘 이렇게 밝은 형광 조명 아래서 정면으로 바라보는 그녀의 콧대는 기억보다 수수한 편이었는데 도리어 그것이 나를 기쁘게 했다. 아마도 내게 있어서 담

백함이란 삶의 최상의 가치이기 때문일 것이다. 글도, 성격도, 사람의 얼굴이나 감정도.

많은 사람들을 만나지 않는 나이기에
사람을 만나는 일이 힘들 때면
슬프다.
그게 소중한 사람일 땐 더더욱.

용기

그런 기가 막힌 우연이
우리의 감정을 순간적으로 고조시켜 줄 순 있겠지만
그 이상 더 뭘 줄 수 있지?

그 이상 뭘 더 바래요?
당신은 왜 늘 상황에 뛰어들지를 못하는 거죠?

갈 때까지 가 보세요. 지금 이 순간에 몸을 던져 봐요.

6

탐색 2

　나는 또 알고 있다. 우린 이제 막 만났으니 당분간 서로의 얼굴
은 서로에 의해 수없이 바뀔 것이다. 서로를 바라보는 시선과 기분
과 감정에 의해서. 각자의 삶과 상태와 상황에 의해서. 나는 오늘
그녀와 헤어져 집으로 가는 동안 그녀의 얼굴을 떠올리려 애쓸 테
지만 아직은 머릿속에 각인이 된 것은 아니어서, 나는 그녀의 얼굴
이 가물가물한 것을 안타까워 할 것이고 그러한 감정은 곧 '보고 싶
다'라는 애틋함으로 내게 다가올 것이다. 그렇게 되길 바라고 있다.
작은 코, 작은 입술, 뭔가 구체적으로 설명할 순 없지만 반듯한 이
마와 마치 서양 사람처럼 잘 형성된 얼굴의 입체감이, 어릴 적 다니
던 피아노 학원에서 가장 인기 있지는 않았지만 유독 내 눈길을 끌

었던, 지금은 이름이 기억나지 않는 어떤 조용하고 침착했던 여자 아이를 보는 것만 같은 느낌에 나는 기분이 좋아졌다. 역설적으로 그녀는 조금이나마 평범해짐으로써 내게 예쁜 사람이 된 것이다.

그런데 그때, 굳어 있는 내 얼굴이 우리가 서로 마주 보고 있기 때문이라 생각했는지 그녀는 더없이 상냥한 톤으로 "옆으로 갈까요?"라고 내게 말했고 난 이미 자리에서 일어서는 그녀에게 나도 모르게 그만 괜찮다고 대꾸해 버렸다. 이런, 내가 왜 그랬을까. 나는 이제 충분히 안정되어 가고 있었는데. 이제 비로소 너는 내게 조금씩 다가오고 있었는데. 나는 조마조마했다. 이러다 내가 온전히 이 여자의 마음속으로 들어가지 못하게 될까 봐. 오랜만에 찾아온 인연을 내 발로 허무하게 차 버리게 될까 봐.

나는 일단 장소를 옮겨 분위기 전환을 꾀해야겠다고 생각했다. 그러고 보면 애초 너무 밝고 너무 넓고 모든 것이 트여 자신을 조금도 감출 수 없는 이 장소가 문제였는지도 모른다. 하여 함께 서점에서 야채 김밥을 먹음으로써 소탈한 시간을 도모하려던 애초의 계획은 일단 접어 두고, 나는 그녀를 데리고 다른 마땅한 곳으로 가기 위해 서점 계단을 통해 그녀의 차가 세워져 있을 지하 주차장으로 함께 내려갔다.

비바람이 심하게 몰아치던 어느 날.
우산을 쓰고도 몸이 반쯤 젖어
짜증 섞인 마음으로 엘리베이터에 오르는데
이제 막 내려서 밖으로 나가는 사람들이
와하하
비를 맞으며 즐거워한다.

그래.
즐거운 사람들은 뭘 해도 즐거운 법이지.

사실은 비가 성가셨던 게 아니라
내 마음이 흐린 탓은 아니었을까.

7

탐색 3

나는 그녀에게 식사를 하러 가자며 자리에서 일어나 서점의 정
중앙을 가로지르는 복도를 앞서 걸었다. 내 책이 놓여 있는 소설과
에세이 코너를 지나 우회전을 하니 맞은편 벽에 여러 개의 갈색 철
문이 있었고, 그중 P자가 쓰여 있는 문을 찾아 익숙하게 먼저 열고
들어갔다. 나는 그녀가 들어올 수 있도록 한 손으로 문을 지탱해 준
뒤 약간의 거리를 두고 그녀가 들어오자 함께 계단을 내려갔다. 처
음엔 내가 앞서 내려갔는데 마침 아래에서 올라오는 직원들 때문에
자리가 엉켜 돌아내려 가는 칸에선 그녀가 앞장을 서게 됐다. 또각
또각, 나무 구두 굽 소리를 내면서 한 걸음씩 천천히 계단을 디디며
내려가는 그녀의 둥글고 약간은 좁은 듯한 어깨가 내 눈에 들어왔

다. 수연산방에서 누군가의 아픈 이야기를 들으며 처음 만난 여자를, 그것도 긴 머리의 여자를 토닥여 주고 싶다는 생각이 들게끔 했던 바로 그 어깨였다. 그나저나, 조금 전 내가 앞서 계단을 내려갈 때 그녀가 바로 뒤에서 본 나의 뒷모습은 어땠을까. 어쩜 내가 입은 티셔츠 밑단에 붙어 있는 나도 모를 머리카락이나 어깨에 앉은 허연 비듬 한 조각을 보며 나 모르게 실망을 했을지도. 뭐 하는 수 없지. 원래 사람의 뒷모습이란 건 앞모습보다는 무언가 그늘지고 초라하며 어쩐지 쓸쓸해 보이기 마련이니까.

"나 얼굴이 점점 못생겨지는 거 같애."
"너 원래 못생겼어."

놀라운 건, 장차 연인이 될지도 모를 사람을 앞에 두고서, 만난 지 십여 분이 흐르는 동안 상대에 대해 이렇게나 복잡한 생각들을 하고 있는 내 모습이었다. 이것은 나만의 유난함일까 아니면 사람의 본성인 것일까. 분명한 건 지금 이 사람도 나름의 기준으로 나를 저울질하고 평가하고 있을 거라는 사실이었다. 다만 그 기준이 뭔지 내가 알지 못할 뿐. 어쩜 나보다 더 까다롭거나, 의외로 털털할 수도 있겠다.

니가 그렇게 불평이 많고
타인과 세상에 대해 엄격한 잣대를 들이대는 이유는
가진 게 없어서 그래.
니 안목이 남달라서도 아니고
니가 잘나서도 아니야.
단지 가난해서 그래.
니 내면과 환경이. 경험이. 처지가.

그래서였을까.

그날 딴엔 그렇게 차려입고

서점으로 들어가 서성이고 있는데

양복 입은 건물 직원으로부터

내부에서 공사하는 인부로 오인을 받고

수고하신다는 인사를 받았다.

8

이유

　나는 사람이 사람을 얼마나 어처구니없을 만큼 단순한 이유로
좋아하게 되는지에 관한 몇 가지 사례를 알고 있다. 친한 친구 중에
키가 좀 유난히 작은 애가 있는데, 본인의 키는 150대 초반에 가족
중 가장 키가 큰 사람(아버지)의 키가 161일 정도로 꽤나 단신인
집안의 막내다. 그 애가 얼마 전에 결혼을 했는데 신랑은 직업도 변
변찮은 데다 나이에 맞지 않게 가부장적인지라 평판이 좋지 않은 사
람이었지만 그런데도 그 애는 주위의 반대를 무릅쓰고 결혼을 강행
했다. 남편의 키가 170센티이기 때문이었다. 오로지 그 하나가 이
유였다. 어려서부터 키 큰 남자만 보면 환장을 하던 그 애가 남편감
으로서 따지는 유일한 조건은 키뿐이었다. 그래서 아무리 인간으로

서의 싹수가 노랗다 해도, 단지 본인이 평생 만난 남자 중 가장 장신이라는 이유만으로, 이제 파토를 내면 또 언제 자기가 170이 넘는 남자를 만나 보겠냐며 모든 것을 감수한 채 악전고투의 결혼 생활을 이어 가고 있는 것이다.

하나 더. 살면서 내가 접했던 가장 황당한 이유로 사람이 사람을 좋아하게 된 경우에 대해 말하자면, 이것은 허산나라는 여자애에 관한 내 경험담이다. 고등학교 때, 나는 다섯 개 학교가 연합해 만든 한 연극 동아리의 창단 멤버였다. 연극 동아리라는 건 대개 군기가 세기 마련인데 우리는 신생 동아리다 보니 단시간 내에 분위기를 만드느라 선후배 간 위계가 더욱 엄격했다. 때문에 우리 동기들은 단지 가장 선배고 이 서클을 만들었으며 연장자라는 이유만으로 후배들에게 두려움과 선망의 대상으로 군림했고, 그래서인지 선후배 간 은밀하게 커플이 여럿 생기기도 하고 그랬다. 졸업하고 삼년쯤 지났을 무렵. 신입생 환영회를 앞두고 동기들 사이에서 굉장한 아이가 들어왔다는 소문이 돌았다. 이름은 허산나. 미스 롯데풍의 어떤 지역 학생 미인대회 출신이라는데, 소위 말하는 얼짱인 데다 성격까지 털털해 선후배 동기들이 너나 할 것 없이 그 애 얘기를 하느라 난리도 아니었다. 과연, 신입생 환영회 때 나가서 본 산나의 모습은 정말이지 하늘나라에서 선녀가 내려오면 저런 모습일까 싶을 정도로 너무너무 예뻤다. 고1인데 170센티가 훌쩍 넘는 키에 어찌나 훤칠했던지(당시 실제 잡지 모델을 하고 있었다), 우리가 모임을 마치고 혜화동 로터리에 우르르 거지 떼처럼 쏟아져 나와 있으면 버스를 기다리느라 주변에 서 있던 사람들이 일제히 그 애만 쳐다볼 만큼, 하여간에 산나의 비주얼은 군계일학. 그만큼 독보적인 데가 있었다.

그렇지만 아무것도 내세울 것 없는 졸업생 꼰대에 불과한 내가 뭘 어쩌랴. 어차피 그 아이는 적어도 나는 아닌 다른 누군가와 짝이 될 터. 나는 그저 모임이 있을 때면 아무 생각 없이 다른 어린 후배들과 실없는 농담이나 하며 시시덕거리다 자리를 나오곤 했었다. 그 뒤로도 연극제가 있거나 동문회 등 이런저런 자리에서 마주쳐도 나는 그 애를 무심히 대했고, 산나도 그런 내가 어려웠는지 나한테만큼은 그리 살갑게 굴지 않아 우린 그냥 쭉 데면데면한 선후배 사이일 뿐이었다. 그러던 어느 날. 졸업을 하고 대학생이 된 산나에게서 뜻밖에 연락이 왔다. 우리가 같은 동아리 선후배라는 연을 맺은 지 사 년 만에 처음 있는 일이었다. 얼떨떨한 목소리로 전화를 받으니 산나는 대뜸 만나고 싶다고 했다. 다음 주에 유학을 떠나는데 나한테 꼭 하고 싶은 말이 있다는 것이다. 그렇게 신촌 연대에서 이대로 향하는 길목 굴다리께, 지금은 없어진 베이스 캠프라는 술집에서 그날 저녁 산나와 나는 만났다. 스무 살의 산나는, 지금까지도 내 평생 실물로 본 여자 중에 가장 예뻤다. 그냥 보고만 있어

113

도 나 같은 게 앞에 앉아 있다는 것이 미안할 정도로. 그런데 한참을 같이 있어도 용건이라 할 만한 어떤 말도 하지 않던 그 애가 밤 열두 시가 되어 가게 문을 닫아야 한다고 종업원이 와서 말을 하자 갑자기 눈물을 주르륵 흘리더니 그러는 거다. "나 사실은 오빠 좋아했었어요." 그러곤 가 버렸다. 그게 다였다.

뭐라구? 이게 뭔 소리여? 나 같은 걸 니가 왜 좋아해?

나는 곧바로 쫓아 나가고 싶었지만 계산을 하느라 무려 일 분이나 시간을 지체했고 뒤늦게 달려 나간 신촌 거리에서 아무리 미친놈처럼 소릴 쳐 봐도 산나는 대답이 없었다. 그때는 또 휴대폰이란 건 상상 속에서도 없던 시절이라 오밤중에 여자애 집에 전화를 할 수도 없고 인터넷이 없으니 메일을 보낼 수도 없어 그야말로 나는 미칠 것만 같은 기분에 밤이 새도록 신촌 거리를 헤매다 근처 홍대 앞까지 가게 되었지만 산나의 모습은 끝내 발견할 수가 없었다. 나중에 안 일이지만 산나는 바로 며칠 뒤 유학을 떠나 삼 년 후 미국에서 함께 수업을 듣던 스페인 남자와 이른 결혼을 했는데, 언제던가 훗날 잠시 귀국을 했을 때 그 애로부터 들었던 이야기는 가히 충격이었다. 나는 사람이 사람을 그런 이유로 좋아할 수 있다는 걸 그때 처음 알았기 때문이었다.

운명

"사실인진 모르겠지만,
운명의 상대를 만나면 얘기가 안 끊어진대요."

그럼, 내가 평생 읽을 책 같은 사람을 만나면 되는 건가?

가치

화가 보나르가 평생에 걸쳐 사랑한 그의 뮤즈는
마르트라는 여인이었다.
그런데 그녀는 처음 만났을 때부터
자기 나이를 속였을 뿐만 아니라
본명을 밝히기까지는 무려 30년이란 시간이 걸렸던,
뭔가 이상한 여자였다.
극심한 결벽증으로 하루 온종일 목욕만 해 댔던
소위 말해 정신이 좀 오락가락하던 그런 여자였다.
그런 그를 보나르는 생이 끝날 때까지 사랑하며
수도 없이 그녀의 그림을 그렸기에 사람들은 수군거렸다.
보나르가 왜 그런 여자를 사랑했는지 모르겠다고.

글쎄.
사랑받을 만한 가치가 있는 사람이 따로 있을까?
내 경험에 의하면 가치란 건 사랑을 함으로써 만들어지더라.
하기 전에 고려된다면 그것은 조건이 될 뿐.

웃을 일이 많아서 웃는 게 아니라
웃을 자세가 되어 있는 사람이 더 많이 웃게 되는 것처럼
가치란 건 원래부터 존재하는 게 아니라
만들어지는 거라는 얘기다.

이 넓은 세상에 너와 나, 둘만의 이야기에서는 더더욱.

원래부터 소중한 사람이어서가 아니라
내게 소중한 사람으로 만들어 가는 것.
다른 사람은 보지 못하는 것을 보아 주고
다른 사람은 해 주지 못하는 이해를 해 줌으로써
오직 내게만 대단한 사람으로 만들어 가는 것.

가치란, 사랑이란 그런 게 아닐까.

9

이유 2

언감생심. 꿈도 꾸지 못할 공주와의 로맨스가 무산된 어느 동화 속 지체 낮은 하인처럼, 손톱만큼의 단서도 주지 않은 채 산나가 그렇게 떠난 후 나는 그 애 때문에 한동안 열병을 앓았다. 이건 마치 아무 생각 없이 살던 평범한 남자에게 갑자기 미란다 커가 나타나서는 나 사실은 당신 좋아했었다고 말하고는 밑도 끝도 없이 사라져 버린 그런 형국이었달까. 어느 남자가 아무렇지 않을 수 있을까. 몸이 달은 나는 급기야 당시 그 애가 머물고 있다는 런던으로 건너갈 생각까지 했지만 주위의 만류로 그러지는 못했다. 하지만 끝내 왜 나를 좋아했으며 어째서 말을 안 했던 건지에 대한 궁금증은 시간이 흘러도 해소되지 않았다. 나는 산나가 내게 한 고백을 가까운 몇 놈에게만 털어놓았는데, 처음엔 그놈들조차 나를 미친놈 취급하며 믿으려 들질 않았다. 그러다 어찌어찌, 내가 하도 진지하게 얘기를 하니 믿어 주는 척은 하면서도 녀석들이 내게 들려주는 말들은 대개 이런 식이었다.

"산나가 너 같은 놈을 진짜로 좋아한 거겠냐. 원래 어려서부터 관심만 받고 자란 애들은 너처럼 무관심한 척하는 놈들한테 가끔 끌릴 때가 있어. 그치만 다 순간적인 감정이니 괜한 기대로 허우적대지 말고 정신 차려 임마!"

맞다. 어린애들은 그런 데에 약하니까. 인기가 많은 애들일수록 더 그럴 거고. 나는 나부터가 그렇게 생각했기에 애들 말에 동의는 하면서도 마음 한구석에는 놓치기 싫은 일말의 무언가가 멀어져 가는 것만 같은 느낌에 애꿎은 술만 동내야 했다. 뭐가 됐든 만날 수 없는 님이요, 이룰 수 없는 꿈이로다. 잊자, 석원아 잊어. 그리고 나는 곧 다른 인연을 만나게 되었고 산나도 런던에서 미국으로 돌아가 결혼을 하는 등 각자의 세월이 흘렀다.

2004년 가을. 알 수 없는 말로 사람 마음을 헤집어 놓고 떠나버렸던 그 애가 팔 년 만에 파란 눈을 가진 한 아이의 엄마가 되어 돌아왔다. 그날은 우리의 마스코트인 산나가 왔다고 해서 졸업생들이 모두 모이는 자리였다. 나는 그때 막 4집 앨범이 나온 상황이어서 지방에서 방송 하나를 마치고 서울에는 늦게 올라올 예정이었다. 잊고 있던 산나를 다시 볼 생각에 하루 종일 마음이 싱숭생숭했다. 과연 오늘은 궁금증을 속 시원히 풀 수 있을까. 모습은 어떻게 변했을까. 겨우 대구에서 서울에 도착하니 자정 직전의 시간. 어떤 가게들은 벌써 하나둘 문을 닫을 무렵, 다른 아이들은 모두 돌아가고 산나와 나는 신사동 가로수길에 있는 블룸앤구뼤라는 카페의 테라스에 단 둘이 마주 앉았다.

참, 그 애의 세 살 난 아들도 함께.

그때 그 사람

"아, 저 사람.
내가 저래서 좋아했었어."

사랑할 만한 가치가 있던 사람으로 기억되는 것.

10

이유 3

　나는 방송 때문에 얼굴에 경극하는 사람마냥 허옇게 떡칠한 파운데이션을 지우지도 못한 채였다. 십 년 세월의 흔적이 정직하게 묻어난 서른의 얼굴로, 산나는 입을 벌리고 잠든 아이가 흘리는 침을 손수건으로 능숙하게 닦아 주며 내게 얘기를 했다. 자기가 나를 좋아했던 건 신입생 환영회 때 나를 처음 보자마자였다고. 우리 모두의 추측이 일시에 무너지는 순간이었다. 그렇담 공주 대접 받던 애가 무관심에 욱해 감정이 동했을 거라는 분석은 애초에 틀려먹지 않았는가. 산나는 말했다. 그때, 자기 동기들은 물론이고 선배 오빠들이 아무도 자기 옆에 앉지를 않고 쑤군대기만 하는 바람에 (실은 못 앉은 거였는데. 다른 놈들한테 맞아 죽을까 봐) 옆자리가 계속 비어 있어서 자긴 그게 수치스러웠고 사람들이 자길 싫어하는 건 아닐까 하는 생각을 했었다고. 그런데 늦게 온 내가 들어오더니 아무렇지도 않게 자기 옆에 털썩 앉더라는 것이다. 그래서 그때부터 나를 좋아하게 되었다고 했다. 단지 그거였다. 그게 그 애가 나를 좋아하게 된 이유의 전부였다.

"그게 다니?"
"네."
"단지 니 옆에 앉았다는 이유만으로?"
"네."

산나는 그게 뭐가 이상하냐는 표정으로 나를 보았다. 그래, 뭐 그럴 수도 있지. 연예인 같은 애들이 학교에서 오히려 소외를 당하기도 한다더라는 얘긴 나도 들어 본 적이 있으니까. 그럴 때 선배라는 존재가 그렇게 처신하면 어린 마음에 그게 고맙고 멋있어 보였을 수도 있었겠지. 그래 거기까지도 그렇다 치는데 그런 산나의 마음이 삼 년이나 갔다는 게 난 또 이해가 가지 않았다.

"그러구 쭉 좋아했죠. 졸업하고 나 유학 떠날 때까지."
"어떻게 그럴 수가 있어? 어떻게 누가 니 옆에 앉았다는 사실만으로 시작된 마음이 삼 년이나 갈 수가 있어?"
산나는 흥분한 나의 언성이 살짝 높아지자 품에 안은 아기를 보호라도 하려는 듯 어르며 토닥이더니 잠시 후 자기 핸드백에서 주섬주섬 사진 몇 장을 꺼내 테이블 위에 펼쳐 놓았다.

"한번 보세요."

"이게 뭔데?"

산나가 건네준 일곱 장의 사진들은 모두 산나가 우리 동아리에서 활동하던 삼 년 동안 찍은 것들이었다. 그런데 그 일곱 장의 사진 속에 삼 열, 사 열로 늘어선 수많은 아이들 중 희한하게 산나 옆에는 항상 내가 있었다. 마치 연인처럼, 오누이처럼. 일곱 장 모두 어김없이 말이다.

"와, 어떻게 이럴 수가 있지?"

전혀 의식 못했던 일이었다. 생각해 보니 산나 옆에는 항상 애들이 있길 꺼려서 (산나는 우리랑은 다른 세계의 사람이라는 뭔가 그런 인식이 우리 사이에 있었다. 언제든 동아리를 그만두거나 졸업하면 모임에 나오지 않을 거라는 그런 생각들) 그 애의 옆자리는 항상 비어 있었고, 아무 생각이 없던 내가 그 빈자리를 채우고 있었던 것이다. 나로선 의식을 해서 그런 게 아닌데 결과적으로 그것 때문에 산나는 내가 자기를 배려한다고 생각했고 다른 남자애들처럼 말만 앞서는 게 아니라 표 안 나게 자길 챙겨 준다고 생각해 자기 마음도 계속 커져 갔다고 했다. 그리고 유학을 떠나기 전 사진 정리를 하면서 삼 년 동안 한결같이 자기 옆에 있어 준 나를 돌이키며 울컥하는 마음에 나를 찾아왔던 것이었다고……

"그럼 왜 진작 나한테 좋아한다고 말하지 않았니."

나는 약간의 원망이 섞인 어조로 산나에게 말했다. 그랬다면 우린 만날 수도 있었을 텐데……. 그러자 산나는 잠이 깨 칭얼대는 아이를 또다시 어르며 이렇게 대꾸했다.

"저도 애 많이 끓였어요. 저도 이 감정이 곧 시들겠지 했는데 해를 두 번이나 넘기도록 마음은 안 변하지, 대학 들어가고 막 고백을 하려는데 갑자기 유학은 가라지, 이러지도 저러지도 못하다가 떠나 버린 거였거든요."

그날, 조금은 쓸쓸한 어조로 이야기를 털어놓는 산나에게 나는 사실 네 고백을 듣기 전까진 너를 좋아한 적이 없으며 오히려 너에 대해 아무 생각이 없었기 때문에 니 옆에서 사진을 찍은 거라는 말은 끝내 하지 않았다. 오해 때문이든 뭐든 그 고백 덕택에 나는 누군가를 이렇게 오랜 시간 마음속에 두어 왔고 이제 드디어 꿈에 그리던 그 주인공과 거의 유일할 데이트를 (비록 그의 아들과 함께이긴 하지만) 망치고 싶지 않았기 때문이었다. 물론 착각에서 비롯된 그 애의 기억도 지켜 주고 싶고 해서. 이튿날, 자신이 살고 있는 보스턴으로 돌아간 산나는 불행히도 이듬해인가 이혼을 했고 그 직후 암에 걸려서 투병을 하고 있다는 소식을 끝으로, 나는 지금껏 더는 그 애의 얘기를 듣지 못했다.

"석원 씨, 차 가져오셨어요?"

그때, 김정희 씨와 지하 주차장으로 내려가는 길에 내가 왜 갑자기 산나 생각을 했는지는 모르겠다. 어쩜 이 포르쉐 모는 잘나가는 여의사도 알고 보면 말도 안 되는 이유로 나를 만나고 있는 건 아닐까 하는 마음에 그랬을까?

"아뇨. 안 가져왔어요. 어차피 둘 중 한 대는 두고 다녀야 하니까요. 근데 선생님 차는 어디 있죠?"

어차피 한 사람은 술을 마실 테니 내가 운전을 하려고 하는데, 그 큰 덩치의 차가 어디에도 보이질 않았다. 그녀가 마치 테니스 라켓처럼 땋은 머리를 무겁게 흔들며 자신의 차가 있는 방향을 손으로 가리켜 쳐다보니 뜻밖에 차가 바뀌어 있었다. 포르쉐가 아닌 방금 뽑은 듯한 은색 아반떼. 소송이 마무리되면서 차를 돌려준 것일까? 여자는 내 의문을 눈치라도 챘는지 웃으며 말한다.

"어차피 내 차도 아니었는걸요. 이제 봉급쟁이 노릇 해야 하는데 씀씀이도 줄여야죠."

그것도 또 묘한 경험이더라. 누군가 포르쉐를 몰다 그 십 분의 일 가격인 아반떼로 차를 바꿨는데 왜 내가 실망을 하고 있는 건지. 나는 내가 웃긴다고 생각하면서 아반떼의 운전석 앞으로 가 키를 달라고 했더니 그녀는 그 차가 아니라고 도리질을 하며 다른 차를 가리켰다. 알고 보니 선생님의 차는 그 옆에 있던 베이지색 미니 쿠퍼였던 것이다.

"아, 미니로 바꾸셨구나."

나는 또 간사하게도, 순간 아반떼로 다운된 기분이 살짝 밝아지는 것을 느끼며 차의 운전석에 올라 처음 타 보는 작고 귀여운 녀석을 몰고는 건물을 벗어나 광화문 대로로 빠져나갔다. 시간은 저녁 여섯 시 삼십 분. 우선 저녁을 먹어야 해서 어디로 갈까 생각하려 애쓰고 있는데 여자가 라디오를 틀었다.

이런 이런 큰일이다 너를 마음에 둔 게

순간, 나는 머릿속이 아득해지는 것을 느끼며 나도 모르게 가회동 방면으로 홀린 듯 핸들을 틀었다.

아무도 기억하지 못하는 순간을 홀로 기억할 때
그 순간은 나만의 것이 된다.

11

목격

"아악. 나 이런 음악 너무 싫어!"

여자가, 갑자기 귀를 틀어막으며 소리를 쳐 나는 깜짝 놀랐다. 환영받으리란 생각은 하지 않았지만 이 정도로 거부감을 보일 줄이야. 나는 불에 덴 듯 화끈거리는 얼굴을 어쩌지 못하며 내가 틀지도 않은 라디오를 황급히 껐다.

"괜찮으세요?"

"미안해요. 제가 인디 이런 거 잘 못 들어서."

"아, 괜찮아요. 저도 이런 애들 얼마나 싫어하는데요."

나는 말없이 핸들을 돌리며 아까 교보에서 에세이 코너를 지날 때 여기 있는 이 노란 책을 쓴 사람이 나라고 말하지 않길 잘했다는 생각이 들었다. 그녀는 내가 끈 오디오를 곧 다시 켜더니 자신의 스마트폰을 연결해 한 곡을 골라 틀고는 이제야 안심이 된다는 듯 몸을 늘어뜨렸다. 김동률의 「출발」이었다.

"김동률 좋아하시나 봐요."

"네. 너무너무요. 석원 씨는 안 좋아하세요?"

그녀가, 마치 어떻게 그런 일이 가능할 수 있냐는 듯 의아한 눈으로 나를 쳐다본다.

"아, 저도 당연히 좋아하죠."

사실 나는 동률 씨 음악도 좋지만 이적을 좀 더 좋아한다. 그렇다고 굳이 그런 취향의 차이를 벌써부터 밝힐 필요가 있을까. 그리고 지금은 무엇보다 어딜 들어갈지를 빨리 정하는 일이 급선무다. 하루 종일 집에서 어떤 문장으로 하는 것이 더 좋을까, 이 단어는 뺄까 말까, 오직 결정, 결정만을 반복하다 보니 정작 실생활에서는 아주 작은 결정조차 할 수 없는 지경이 되어 버렸다. 그래서 보통 이런 식으로 막연하게 어딜 갈까, 하다 보면 심할 땐 몇 시간이고 그 자리를 뱅뱅 돌 때도 있으니 긴장을 하지 않을 수가 없는 것이다. 한 손으로 핸들을 돌리며 내심 초조하게 이 거리 저 거리를 헤매던 중, 차가 흘러 흘러 부암동 산기슭에 다다랐을 무렵, 그녀가 계열사라는 특이한 이름의 치킨집에 흥미를 보인 덕분에 나는 더는 장소 결정에 관한 고민을 하지 않을 수 있었다.

"아, 시원해. 진작 풀 걸."

허름하고 전형적인 맛집 특유의 포스를 풀풀 풍기는 그곳에 들어가 지체 높으신 의사 양반이 첫 데이트에 닭튀김이라니 참 털털하기도 하구나, 뭐 그런 생각을 하고 있는데 이 여자 또 한 번 사람을 놀래킨다. 그곳에 들어가자마자 화장실엘 가더니 내 머릿속을 들여다보기라도 한 것처럼 땋은 머리를 풀고 나온 것이 아닌가. 그 순간, 사방에 진동하는 고소한 치킨 냄새를 맡으며 왜 그런지 내 마음도 후련해지는 기분이었다. 머리 하나만 바꿨을 뿐인데 그녀는 이제야 내가 기억하던 그 사람으로 돌아와 있었다. 그녀는 익숙한 듯 자리에서 일어나 내 옆으로 와서는 가까이에 앉았고 나는 서점에서처럼 더 이상은 사양하지 않았다. 나는 서둘러 맥주를 시켜 마시는 여자의 작고 오뚝한 콧날과 동그란 콧방울을 보면서 우리가 몇 번이나 더 만난 다음에 키스를 하게 될지 생각했다. 세 번? 네 번? 앞일이야 어떻게 되건 간에, 이 사람은 지금 이 순간 내 옆에 앉아 있다. 이렇게, 서로의 무릎이 닿을 만큼 가까이에.

새로운 인연이 내게 새로움을 줄 수 있을까.
한 번도 가 보지 못한 곳에 가면
난 다른 사람이 될 수 있을까.

12

목격 2

　고소한 치킨과 감자튀김에 맥주를 양껏 먹고 그곳을 나온 시간
이 밤 아홉 시. 2차는 이대 후문에 있는 카페 라리에 가서 케이크와
차로 마무리할 작정이었다. 이미 적지 않은 양의 술을 마신 뒤였고
오늘은 이 정도면 되지 않았나 싶어서. 그런데 그녀는 눈을 빛내며
술을 더 마시고 싶단다. 지난번에 봤을 때 알코올 의존증이 있었다
더니 술 얘기를 하며 저렇게나 생기가 도는 걸 보면 증상이 여전히
계속되고 있는 걸까? 나는 대리 기사를 부른 뒤, 그녀의 청대로 합
정동에 있는 잘 가는 이자까야로 함께 가서 데운 정종을 마셨다. 술
잔이, 내가 아는 그 누구의 것보다도 빠르게 비워졌다.

난 누가 좋아지면 질문을 한다. 좋아하면 할수록 많이 한다. 그래서 내게 질문은 애정의 표시다. 내가 누군가와 맺어질 수 있는가 없는가는 그 사람이 얼마나 내 질문에 성의 있고 퀄리티 있는 대답을 할 수 있는가에 달려 있다고 해도 과언이 아닐 만큼. 그날, 내가 자리를 옮겨 그녀에게 했던 첫 질문은 "선생님은 의사 일 하는 게 좋으세요?"였다. 고생 끝에 완성한 장편 소설을 출간했으나, 내 일이라 믿었던 글쓰기에 대한 회의가 걷잡을 수 없이 나를 괴롭히던 상황에서, 누구나 하고 싶은 일을 하면서 사는 건 아닐 거란 마음으로 물은 것이었다. 의사라는 힘든 일을 설마 좋아서 하랴 싶어서. 그렇다면 나도 좀 위안이 될 것만 같아서. 그런데 뜻밖에도 그녀의 대답은 예스였고 덕분에 내 질문은 꼬리를 물고 이어졌다.

"왜요? 왜 그 일이 좋은데요? 정신없는 꼬맹이들 상대하는 거 성가시지 않나요? 나이 들어서도 계속 공부하고 교수되려고 논문 쓰고 그러는 거 피곤하지 않으세요?"

나는 묻고 또 물었다. 마치 오랫동안 아무에게도 묻지 못해 안달이라도 난 사람처럼. 원 없이 묻지 못해 외로워 죽겠던 사람처럼. 그렇게, 그날 우리의 대화는 나는 그녀에게 내내 질문을 퍼부어 대고 (이건 내가 누군가에게 빠져들 때 보이는 전형적인 증상이다) 그녀는 말간 술이 담긴 술잔에 집착하며 진짜 선생님처럼 내 질문에 하나하나 대답을 해 주는 양상으로 흘러갔다. 나는 또 물었다.

"그동안엔 왜 연락을 안 하셨어요? 소송 때문에 내가 만나기 꺼려 할까 봐?"

하지만 그녀의 연락 없음을 상대에 대한 배려로 여겼던 건 나의 착각이었다. 그녀는 순간적으로 표정이 무슨 로봇처럼 차갑게 변하더니 그만큼이나 무심한 톤으로 이렇게 말했다.

"아니, 나 원래 연락 같은 거 잘 안 해요."

그러더니 종일 만지작거리던 휴대폰을 또다시 들여다본다. 장난하나? 휴대폰을 저렇게 신주단지처럼 붙들고 있으면서.

밤 열두 시가 되자 나는 우리가 너무 늦은 시간까지 같이 있다는 사실이 불안해지기 시작했다. 물론 나도 남들과 마찬가지로 그런(?) 기회가 오는 건 언제든 환영이지만 지금 내가 바라는 건 안정적이고 지속적인 관계이지 하룻밤 사랑은 아니란 얘기다. 그러나 여자는 그런 나의 걱정을 비웃기라도 하듯 화장실엘 한 번 다녀오더니 이내 말짱한 어투로 그만 집에 가자고 나를 잡아끌었다. 이런 무안할 데가. 공연한 헛꿈에 겸연쩍어진 나는 계산을 하기 위해 서둘러 카운터로 향했는데 그때 가게 밖에서 차가 급정거하는 소리와 함께 귀를 찢을 듯 날카로운 사람들의 비명소리가 들려왔다. 그것만으로 아직 보지도 않은 상황이 너무나 섬뜩하게 느껴져 나는 다섯 시간 동안 마신 술이 다 깨는 것만 같았다. 방망이질 치는 가슴을 진정시키려 애쓰며 밖으로 나가 보니 가게 앞 도로 위에 사람들이

모여 있었다. 그 틈을 뚫고 들어가자 한 남자가 차들이 다니는 아스
팔트 도로 위에 가만히 누워 있었다. 회색 면바지에 누런 점퍼 차림
의 남자는 얼굴이 하얗게 질려 있었고 동공이 풀린 채로 가쁜 숨을
몰아쉬고 있었다. 좁은 골목에서 과속으로 달리던 차가 남자를 치
고 그대로 내뺀 것이었다. 그때 누워 있던 남자의 호흡이 급격하게
희미해지기 시작했는데 그 순간을 어떻게 설명해야 좋을지 모르겠
다. 마치 영화에서, 막 죽은 사람에게서 영혼이 빠져나가는 장면처
럼 그렇게 숨이 잦아들던 남자는 그대로 눈을 부릅뜬 채 숨을 멈추
고 말았던 것이다. 여기저기서 사람들이 비명을 질렀고 나의 동행
은 그 모습을 외면하느라 내 어깨에 자기 머리를 묻었다. 태어나서
처음으로 죽은 사람을 본 것이다. 그것도 죽어 가는 모습을. 사람
이 죽었어. 저 사람 죽었어. 삽시간에 사이렌을 켠 경찰차랑 구급
차가 달려오고 수많은 사람들이 몰려들었다. 남자들이 웅성거리고
어떤 여자들은 공포로 흐느꼈다.

　나는 그 자리에 더 있을 수가 없어 그녀를 데리고 무리 바깥으
로 나왔다. 여자는 파랗게 질린 채로 내 팔을 부여잡고는 덜덜덜 떨
기 시작했다. 아무리 정신과 의사라도 학교 다닐 때 시체 해부쯤은
해 봤을 텐데 이렇게까지……. 하긴, 나 또한 이 갑작스러운 광경이
너무나 충격적이어서 도무지 뛰는 가슴을 진정시킬 수가 없었으니.
　"선생님, 괜찮으세요?"

그녀는 이를 악문 채 온몸을 떨면서 내 팔을 있는 힘껏 잡고 놓지 않았다.

어느 날, 내가 세상에서

흔적도 없이 사라져 버린다 해도,

결정되지 않는 삶

어려서는 별 대가 없이도 넘치도록 주어지던 설렘과 기대 같은 것들이
어른이 되면 좀처럼 가져 보기 힘든 이유는 모든 게 결정되어 버린 삶을
살기 때문이다. 앞으로 내가 할 수 있는 일, 벌 수 있는 돈, 만날 수 있
는 사람의 수 등이 서른이 넘고 마흔이 넘으면 대개 정해져 버린다. 장
차 여행은 몇 나라나 더 가 볼 수 있고 몇 권의 책을 더 읽을 수 있으며
내 힘으로 마련할 수 있는 집의 크기는 어느 정도일지가 점점 계산 가능
한 수치로 뚜렷해지는 것이다. 남은 생이 보인다고 할까. 허나 아무리
어른의 삶이 그런 것이라고는 해도 모든 것이 예상 가능한 채로 몇십 년
을 살아가야 한다는 것은 가혹하다, 고 생각하기에 나는 노력하기로 했
다. 너무 빨리 결정지어진 채로 살아가고 싶지 않은 것이다. 남은 생에
서도 한두 번쯤은 생각지도 못했던 일이 생기길 바라며 살고 싶다. 자고
일어나서 막 눈을 떴을 때 또다시 맞을 하루가 버겁지 않았으면 좋겠다.

나 자신을 가꾸는 일이 소중한 이유는 그 일을 함으로써 나와 내 삶이
아직 결론나지 않았다는 걸 스스로 믿고 증명할 수 있기 때문이다. 어
디로 가는 게 앞으로 가는 건지는 몰라도, 맞는 길로 가고 있는지 확신
할 수는 없어도, 적어도 제자리걸음을 하고 있는 건 아니라는 느낌. 그
런 느낌을 가질 수만 있다면 하다못해 살이라도 몇 킬로 빼면서 살아가
고 싶다. 그게 별 대수로운 일이 아니라 해도, 그런 작은 변화의 여지라
도 있어 내 남은 생이, 내 몸과 마음이 이대로 정해져 버리는 것을 막을
수만 있다면 나는 노력할 거다. 언제까지고 결정되지 않을 삶을 위하여.

13

미로

   그날 그 사건 이후 우리가 걷는 모든 길은 미로 같았다. 나는 비틀거리며 흐느끼는 사람을 부축한 채로 목적지도 없이 한참을 걸었다. 오늘은 나까지 다섯 시간 동안이나 줄기차게 알코올을 섭취했건만 죽어 가던 남자의 허옇게 질린 얼굴과 부릅뜬 두 눈이 머릿속을 떠나지 않았다. 아차, 차를 그 이자까야에 두고 왔구나. 메세나폴리스가 있는 합정역 사거리 부근에 이르러서야 나는 그 생각이 났다. 하도 놀라고 정신이 없어 차를 갖고 왔다는 사실조차 잊어버린 것이다. 하는 수 없이 차는 내일 찾아다 줘야겠다고 생각하고 있는데 여자가 어디에 좀 앉았으면 해서 근처 벤치로 가 함께 주저앉다시피 했다. 그녀가 체중을 내게 거의 기대고 있었기 때문이었다. 돌로 된 벤치는 새벽 공기로 차갑게 식어 있었지만 우리의 몸은 따스하게 밀착해 있었다. 나는 차마 여자의 어깨에 팔을 두를 수는 없어 그저 그녀가 내 팔을 잡으면 잡는 대로, 어깨에 머리를 기대면 기대는 대로 몸을 놔두었다. 이렇게 가까이서 누군가의 체온을 느끼는 것이 얼마만인지. 한 오 분쯤 지났을까. 충격으로 달아났던 술기운이 서서히 다시 오르면서 길가에 삐죽 솟은 가로등의 허연 불빛들이 뿌옇게 흐려지고 지나가는 차들의 네모나고 둥그런 형태가 일그러지기 시작했다. 새벽 공기는 벌써 습기로 눅눅해지고 있었다. 나는 그녀를 택시에 태워 보내야겠다는 생각에 몸을 일으키려 했지만 이미 몸이 내 의식의 통제를 벗어나기 시작하고 있었다. 나는 어떻게든 정신을 차려야겠다는 일념으로 고개를 있는 힘껏 흔들며 자리에서 일어서려는데 그녀가 마치 그런 나를 붙잡기라도 하듯 말했다.

"죽으면…… 어떻게 될까요."

나는 어쩐지 그 말이 아득해서 그 자리에 도로 주저앉고 말았다. 왠지 의사답지 않은 물음인 것도 같았고 이건 질문이 아니라 탄식을 하는 거라는 생각도 들었다. 죽어 본 적이 없으니 대답을 할 수도 없는 물음에 난 왜 대답을 하려 애를 썼을까.

"글쎄요. 그냥 모든 게 다 사라지지 않을까요. 의식도 존재도."

멍청한 대답이었다. 좀 더 그럴싸한 말을 했었어야 했는데. 하지만 불행히도 내 장기는 묻는 것이지 답을 하는 게 아니다. 그녀는 여전히 고개를 떨군 채였고 술은 이제 바로 내 귀밑까지 차올라 눈앞에 보이는 모든 것들이 초점을 잃은 채 빙글빙글 돌고 있었다. 나는 이러다가 정말로 정신을 잃을 것만 같은 예감에 어떻게든 술기운을 떨치려 애썼지만 애석하게도 눈은 사정없이 감기고 말았다.

주위의 많은 이들이 이 삭막한 도시를 떠나
시골로 가서 살 거라고들 하지만
저는 도시를 떠나서 사는 삶은
한 번도 생각해 본 일이 없습니다.
나를 쓸쓸하게 했던 사람들이 여전히 숨 쉬며
어디에선가 함께 살아가고 있는 이곳.
도시가 좋아요. 나를 쓸쓸하게 하는 이 도시가.

잠시 후 눈을 떴을 때, 어찌된 영문인지 나는 새벽의 차디찬 공기를 가르며 어딘가로 가고 있었다. 주위를 돌아보니 예전 결혼했을 때 잠시 살았던 불광동 길이었다. 나는 어떠한 탈것에도 의존하지 않은 채 공중을 부유하며 거의 날다시피 하고 있었고, 발아래로는 이제는 사라져 버린 이차선 도로와 익숙한 건물들이 빠르게 스쳐 지나가고 있었다. 꿈을 꾸고 있는 걸까? 어쩌면 죽은 건지도 모른다. 그렇다면 나는 왜 죽었으며 지금은 죽음의 어느 단계이길래 굳이 이 새벽에 이렇게 예전에 살던 동네로 보내지게 된 것일까. 나는 곧 너무도 익숙한 이층짜리 건물 앞에 멈춰 선 후에야 어떤 이유에 선지는 몰라도 내가 과거로 와 있음을 알았다. 지금 내 눈앞에 보이는 저 건물은 은평 뉴타운 개발로 사라진 지 이미 오래였으니까. 일층에는 낡고 허름한 기사 식당이 있고 이층에는 나와 아내가 기르던 다섯 마리의 개, 고양이가 함께 살던 그 이층집. 달빛이 어슴푸레한 새벽녘, 건물 앞엔 당시 내가 몰던 검은색 소나타 쓰리 3993 차량이 그때와 똑같이 구석 한편에 홀로 세워져 있었다.

"네. 여권 영문 이름은
LEE SOUK WON이고요
한자는
'돌 석' 자에 '담 원' 자입니다.

원래는 '주석 석' 자 돌림인데
행정 착오로 '돌 석' 자가 되었지요.
뭐 주석도 돌이니깐…….

성명학에서는 '돌 석' 자가
이름에 들어가면 안 좋다고 하는데
뭐 그래도 그냥 저냥 잘 살아왔잖아요.
앞으로도 사람들 산책길에 깔린 돌담처럼 그렇게
내 자리에서 조용히 살아가고 싶습니다."

14

미로 2

정확히 2000년에, 북한산 국립공원이 인접해 있는 이 공기 좋
은 곳으로 우리 일곱 식구는 이사를 왔었다. 원래는 수서의 나름 큰
오피스텔에서 살았는데 개, 고양이를 다섯 마리나 기르기엔 아무래
도 벅차 수소문 끝에 서울에서 가장 집값이 싸다는 불광동의 어느
단독 주택 이층에 세를 얻어 오게 된 것이었다. 보증금 사천에 월세
가 오십쯤이었던가. 방이 세 개, 마루도 널찍했고 옥상도 쓸 수 있
었다. 일층에는 주로 택시 기사들을 상대로 정체불명의 고기 더미
에 두껍고 더러운 튀김옷을 입혀 팔던 대머리 아저씨와 그 부인인
아주머니 부부가 세를 들어 있었다. 처음에 나는 내가 왜 여기서 이
러고 있어야 하는지를 알지 못했다. 그저 이렇게 과거로 와 있다는

사실이 신기했을 뿐. 길가로 나 있는 이층 우리 집 창가를 올려다보니 당시 와이프가 직접 동대문에서 천을 끊어다 만든 레이스 달린 하얀 커튼이 그대로 드리워져 있었고, 그 아래 건물 앞에 대어져 있는 저 검은 차는 구 년간 타던, 이십 대 후반부터 삼십 대 중반까지의 나의 온갖 애환이 담겨 있는 애마였다. 할부금을 내겠노라 큰소리를 쳐서 어머니가 대신 뽑아 주셨건만 결국 단 한 달 치의 할부금도 내지 않았던…… 결과적으로 사기를 쳐서 얻어 낸 차. 잠시 상념에 빠져 있던 나는 문득 그 문제의 차를 바라보면서 또 하나의 기억을 떠올리게 되었다.

새로 이사 간 동네는 단독 주택가였는데 따로 주차 공간이 없다 보니 저녁이면 주차 전쟁이 치열했다. 밤이면 차를 댈 곳이 없어 방황하는 사람들로 붐볐고 어떻게든 차를 대려고 남의 집 대문까지 막는 바람에 이웃 간 다툼도 흔히 벌어졌다. 나는 다행히 밤 아홉 시쯤 돈까스집이 문을 닫고 나면 건물 앞에 차를 댈 수 있어 큰 걱정은 없었는데, 나중에 알고 보니 이곳은 동네 사람들이 무료로 이용하던 일종의 노상 주차 공간이었던 거라. 그래 졸지에 나 때문에 주차 공간 하나를 잃게 된 이곳 사람들이, 특히 남자들이 나를 싫어한다는 얘길 처음 돈까스집 아저씨한테 들었을 때는 그냥 그러려니 웃어넘겼었다. 그런데 어느 날 내 차 트렁크에 누군가 일부러 낸 듯한 흠집을 발견하면서부터 악몽이 시작됐다. 차 위에 무언가 둥그렇고 무거운 걸 올려놓고선 이리저리 헤집어 놓은 것 같은 기스 자국이 나 있었던 것이다. 나는 어떤 개자식이 이런 짓을 했을까 분노하여 범인을 잡으려 했지만 일은 내가 자국을 지운 뒤로도 계속됐고 결국 이혼을 해서 이사를 가게 될 때까지 나는 끝내 그게 누구의 소행인지 알아내지 못했다. 덕분에 난 그 동네에 사는 동안 결코 잡히지 않는 연쇄 살인범을 좇는 형사의 심정으로 살아야 했는데도 말이다. 한데 지금, 내 앞에서 유난히 존재감을 발하는 참으로 오랜만에 보는 나의 옛 검은 차를 바라보며, 나는 왠지 비록 잊고 있었지만 한때 내가 그토록 알고 싶어 했던 범인이 누구인지 이제야말로 알아낼 수 있을 것만 같은 예감이 들었다. 그게 아니라면 어째서 하필 십여 년 전 범인을 잡기 위해 새벽마다 숨어 있던 길 건너편 그때 그 건물 입구 바로 그 자리에, 그것도 같은 시간에 이렇게 서 있을 수 있단 말인가.

나는 그때와 똑같은 심정으로 몸을 건물 안쪽에 숨긴 채 어서 범인이 나타나기만을 기다렸다. 나는 죽은 상태니까 아마도 살아 있는 놈, 아니, 아무튼 과거의 인물에게 위해를 가할 수는 없을 테지만 단지 그게 누군지 아는 것만으로도 나의 오랜 체증은 충분히 가실 수 있을 것이었다. 살아서는 도저히 알 수 없었던 것들을 알게 해 준다는 점에서, 나는 이것이 미치게 재미있는 흥밋거리이자 정말로 기발한 사후의 이벤트라는 생각이 들었다. 누가 그랬더라.

세상에서 제일 강한 충동이 복수심인데 그걸 능가하는 게 궁금증이라고.

그때, 저쪽에서 웬 낡은 리어카를 밀며 누군가 차를 향해 다가서는 모습이 보였다. 천천히……. 리어카는 끼릭 끼릭 기분 나쁜 소리를 내며 노골적으로 차를 향해 접근하고 있었다. 아직 미는 놈의 형체를 알아볼 수는 없었지만 허리를 조금 구부리고 있었고 남자인 듯싶었다. 옳거니. 나는 필시 놈이 범인이라는 생각에 머리털이 죄다 곤두서는 것만 같았다. 지금 나가서 치도곤을 낼까. 아니, 놈이 범행을 저지를 때까지 기다려야 해. 흥분한 나는 내가 유령이라는 사실조차 잊고 있었다.

리어카는 짜증이 날 정도로 천천히 움직이고 있었다. 꼭 늙어 기운이 다 빠진 노인이 밀고 있는 것처럼. 그런데, 어? 그러고 보니 진짜 노인이다. 그리고 저 할아버지, 내가 아는 사람이야. 동네에서 애들 산책시킬 때 만나면 우리 애들에게 과자도 주고 쓰다듬어 주면서 잘생겼다고 덕담을 해 주던 착한 분. 근데 그분이 저기서 뭘 하는 거지? 나는 할아버지를 유심히 지켜보았다. 할아버지는 오늘도 새벽 일찍 동네를 돌며 남들이 버린 폐휴지들을 주운 모양이었다. 그런데 마침내 이동을 멈춘 할아버지는 리어카를 내 차 바로 옆에 세우더니 글쎄 자기가 가지고 다니던 잡동사니들이 가득 든 무거운 양동이를 익숙하게 내 차 트렁크 위에 올려놓고는 그 옆에서 땀을 닦는 것이 아닌가. 이럴 수가……. 그러니까 내 차는 누구의 테러를 당한 것이 아니라 남의 차에 저런 걸 올려놓으면 안 된다는 것조차 알지 못하는 노인이 벌인 그저 해프닝이었단 말인가? 순간, 나는 약한 전류에 온몸이 감전되는 느낌이었다. 피해 의식이란 참으로 지독해서, 아주 오랫동안 나는 누군가 내게 해를 끼치기 위해 일부러 벌인 짓이라 철석같이 믿었었는데. 할아버지가 떠난 직후 차로 달려가 트렁크를 확인해 보니 아니나 다를까 그때의 그 기스가 맞았다. 아직도 내 기억에 선명한, 둥그런 형태로 뭔가 무거운 물건을 놓았던 것 같은 흔적들. 나를 겨냥한 누군가의 악의적 메시지가 분명하다고 믿었던 잊을 수 없던 표식들. 나는 어쩐지 할아버지에게 미안하다는 말을 건네야 할 것만 같아 리어카와 함께 벌써 저만큼이나 멀어진 할아버지를 쫓으려는데 그만 천지를 진동하는 문자 소리에 놀라 정신이 들고 말았다.

작가님, 안녕하세요. 글은 어떻게 되고 계신지 궁금해 연락드립니다.

이런……. 출판사의 내 담당 에디터가 보낸 안부를 가장한 원고 독촉 문자였다. 그나저나 꿈이었단 말인가. 나는 깨질 듯 아픈 머리를 부여잡고 겨우 자리에서 일어나 습관처럼 거실에 놓여 있는 일인용 소파에 몸을 뉘인 채 기억을 더듬어 보았다. 여전히 그때 내

가 살던 집, 타던 차, 그리고 방금 전 마주쳤던 할아버지의 얼굴이
마치 방금 떠나온 듯 생생한데 이게 다 꿈이었다니. 기왕에 깬 잠,
일어나야 하나 싶어 휴대폰을 들어 시간을 확인하니 오전 열한 시
삼십 분. 화면엔 거의 동시에 온 문자가 한 통 더 있었다.

　**이석원 손님 여기 합정동 명인입니다. 어제 두고 가신 노란색 미니 쿠
　퍼는 아침에 김정희씨라는 분께서 찾아가셨습니다. 감사합니다.**

　김정희? 그래. 미니 쿠퍼 모는 여의사. 어제 내가 만난 사람.
근데 차를 찾아갔다고? 이 아침에? 나는 어제 여자가 상당히 취하
긴 했지만 직장이 있는 사람이니만큼 잠도 얼마 못 자고 서둘러 차
를 찾아간 것이려니 생각했다. 그런데 그때, 생각이 거기에 미치자
난 그놈의 꿈 때문에 정지되어 있던 지난 새벽의 기억이 떠올라 그
만 소스라치게 놀라고 말았다. 아, 그래서는 안 됐는데……. 내가
참았어야 했는데……. 하지만 이미 벌어진 일 후회한들 어쩌랴. 이
제 상황을 받아들이는 것 말고는 다른 도리가 없었다. 어쩌면 잘된
일인지도 몰랐다.

케이크가 맛있는 신사동 어느 카페에서
다 먹고 계산을 하는데 종업원이
"저, 발레 하셨죠?" 하고 물어서 순간 당황한 이유는
그날 내가 몸에 딱 붙는 바지를 입고 있었기 때문이었다.

그녀는 단지 발렛 파킹을 했냐고 물어본 것뿐인데
난 혼자 무슨 생각을 한 걸까.

15

몸

생면부지의 남녀가 만나 같이 밥 먹고 차 마시고 술 마시며 시
간을 보내다 마음이 통하고 몸이 통해 잠자리를 갖는 것. 방금까지
도 낯을 가려 수줍어하고 격식과 예의를 갖춰 조심스레 대하던 상
대 앞에서 민망함도 잊은 채, 혹은 민망함을 무릅쓴 채 팬티를 내리
는 것. 섹스라는 건 뭘까. 개명을 하다못해 눈이 부실 정도로 사람
들의 행태가 현란해져 버린 이 시대에, 누군가와 잠을 잤다는 것만
으로 그 일에 섣불리 의미를 부여하기 어렵다는 건 안다. 하지만 우
린 소개팅을 했고 두 번째 만남 끝에 그랬으니 원나잇이라고 할 수
는 없을 터. 오히려 이건 서로가 관계의 지속에 동의하는 행위라
고 해석을 해도 하등 무리는 없을 테지만 한 가지 걸리는 점이 있었

다. 그날, 새벽에 술에 취해 합정동 벤치에 앉아 있던 나는 함께 있던 사람을 먼저 집으로 보내기 위해 간신히 택시를 불러 세웠다. 원래는 혼자 보내려 했지만 그녀가 집까지 에스코트 해 줄 것을 부탁하는 바람에 하는 수 없이 그녀의 이사 간 집 앞까지 따라가게 되었다. 처음엔 이사 간 줄을 몰라 먼저 살던 여의도로 향했는데 KBS 본관 정문 앞, 그러니까 그녀의 옛집이 있는 곳에 가서야 그녀는 갑자기 와서는 안 될 곳이라도 온 것처럼 소리를 치는 것이었다.

"여기가 아니고 양재동이라고. 여기로 오면 어떡해에!"

거의 울먹임에 가까운 그녀의 비명소리에 놀란 택시 기사는 급회전을 하였고, 그 바람에 차 안에서 중심을 잃고 흔들리던 우린 그만 서로의 손을 포개고 말았다. 나의 왼손 위에 그녀의 오른손이 얹어져 있었음에도 나는 내가 부러 그런 것만 같아 급히 손을 떼려 했지만 그런 나의 손을 여자는 가만히 움켜쥐는 것이었다. 그때, 내 손끝을 간신히 쥐고 있는 그녀의 손길이, 어쩐지 무언가 도움을 요청하는 것만 같이 느껴졌다면 내 지나친 상상력이 불러 온 착각이었을까. 그녀는 다음 신호에 차가 멈춰 설 때까지 잡은 손을 놓지 않았고 십여 분쯤 후 택시는 그녀가 새로 이사 간 곳이라는 양재역 근처 어느 수수한 오 층짜리 건물 앞에 도착했다. 나는 여자만 내리게 한 후 타고 왔던 택시를 타고 그대로 갈 작정이었으나 그녀의 간청으로 이번에도 또 그녀를 따라 차에서 내리고 말았다.

"이제 들어가셔야죠."

나는 어떻게든 그녀를 집으로 들여보내려 했지만 여자는 막무가내로 차를 마시고 가라고 졸라 댔다. 이 새벽에 술 취한 남녀 둘이서 차는 무슨……. 아무도 없는 새벽. 불도 꺼져 으슥한 건물 현관 앞에서 나는 차는 다음에 마시자며 어서 들어가시라 인사를 하고는 돌아서려는데 그녀가 내 쪽으로 성큼 다가서더니 입을 맞춰 오는 것이었다. 너무도 갑작스럽게, 여자는 술기운에 중심을 잡지 못하고 비틀거리는 채로 자신의 몸을 내게 지탱해 왔다. 나는 더 이상의 진전을 원하지 않았지만 이내 멋쩍게 내게서 떨어진 그녀는 집요하다 느껴질 만큼 다시 한 번 잠깐만 들렀다 가시라 내게 권했다. 이제 손을 잡고 뽀뽀를 했으니 다음엔 무엇을 할까. 결국 난 몇 번의 소극적인 사양 끝에 될 대로 되라는 심정으로 새벽 두 시에 이제 겨우 두 번째 만난 여자의 집엘 들어가게 된 것이다. 물론 우린 차 같은 건 마시지 않았는데, 애초 너무 이른 진도를 바라진 않았으나 이미 더는 내 의지로 제어를 할 수 있는 상황이 아니었다.

그녀의 집은 여의도의 그 커다란 오피스텔에 살던 때를 상상할 수 없을 만큼 작고 수수했다. 문을 열고 집으로 들어서는데 뜻밖에도(?) 현빈의 포스터가 거실 벽에 붙어 있는 것을 보고 난 어쩐지 미안한 마음이 들었다. 현빈을 꿈꾸는 여자 곁에 고작 나 같은 놈이 있다는 게. 아무튼, 그렇게 해서 나는 내게 닥친 상황을 받아들였고 얼마간의 시간이 흐른 후, 누군가의 새근거리는 숨소리에 얕은 잠을 깨고 보니 옆에는 화장이 지워져 맨살이 드러난, 아직은 낯선 이가 누워 있었다. 나는 잠시 그 자세 그대로 여자를 바라보다 흐트러진 이불을 펴 덮어 주고는 동이 트기 전 그 집을 빠져나왔다. 그녀는 엎드리며 몸을 뒤척였지만 나를 부르지는 않았다.

"난 갈수록 사랑을 모르겠어. 어딘가 고장 난 걸까."

"고장 아니야. 하면 할수록 더 모르게 될 걸."

그날 새벽, 가벼운 우울증이 감기처럼 찾아왔다.
사랑하지 않는 사람과 섹스를 하고
집으로 돌아가는 길이면 늘 이런 기분이 든다.

16

마음

이것이 오늘 새벽 일의 전말이다. 과연 이제 우리는 사귀게 된 것일까. 한 가지 걸리는 것은, 어제 교통사고를 목격하기 전까지 그녀는 그렇게 술을 마셨어도 태도가 흐트러지지 않았다는 사실이 다. 여자는 순전히 뜻하지 않게 누군가의 죽음의 순간을 목격하고 부터 갑자기 흔들렸고, 그러니 만약 우리의 잠자리가 의도치 않은 것이었다면, 단지 극적인 순간을 경험했다는 충격에 우발적으로 그 랬던 것이라면, 어쩜 그 사람은 지금쯤 석원 씨 미안해요 어쩌구 하 는 문자를 보낼까 고민을 하고 있을지도 모를 일이라는 것이다. 설 사 그렇지 않더라도 적어도 내가 아는 여자들은, 우리 이제부터 사 귀어요 요이땅 하고 시작을 해도 상대를 정말로 좋아하기까지는 남

자보다 훨씬 많은 준비와 시간이 필요한 사람들이다. 때로 만난 첫
날부터 잘 생각을 하고 심지어 결혼까지 결심하기도 하는, 이 아무
리 나이를 먹어도 어쩔 수 없이 성급하고 어리기 짝이 없는 종족들
과는 달라도 한참 다른 사람들인 것이다. 그러니 냉정히 볼 때 아직
난 그 여자의 공식적인 연인이 된 것은 아니며 확실한 건 무엇도 없
는 상황이란 얘기다.

"그렇다고 아무것도 아닌 건 더더욱 아니지."
여러 가지로 혼란스럽던 차에 친구인 나리와의 통화는 상황을
정리하는 데 도움이 되었다. 나리는 수많은 남자들을 사귀며 축적
한 지식과 정보로 친구들의 연애 상담을 도맡던 애였는데, 늦잠을
자던 녀석은 내 이야기를 듣더니 아직 잠이 덜 깬 목소리로 하나하
나 차분히 설명을 해 주었다.
"뭐가 그리 복잡하냐. 어제 둘이 좋았으면 무슨 이유로 잤든 그
것 때문에 여자의 마음이 돌아서진 않아. 니 말대로 자기도 놀라 잠
시 머릿속이 일시 정지 상태가 될 수는 있겠지. 그렇더라도 니가 침
대에서 낙제점을 받지 않은 한 만남을 끊지는 않을 테고, 그럼 나머
진 너 하기에 달린 거지 뭐."
전문가의 명쾌한 설명에 나는 막혀 있던 속이 뻥 뚫리는 기분이
었다. 목소리가 여전히 잠결인 것 같아 고맙다고 한 후 이만 전화를
끊으려는데 나리가 물었다.

"근데 애는?"

"애라니?"

"그 여자 딸 있대매. 안 챙겨 줬어?"

아, 그 생각은 미처 하지 못했다. 그러고 보니 집에 아기 용품 같은 게 전혀 없던데 설마 양육권을 빼앗긴 걸까? 나는 그 사람이 통 애길 안 해서 신경을 쓰지 않았다고 했다가 나리로부터 마이너스 오백 점 감이라며 면박을 받았다.

"너, 너…… 방금 이혼한, 그것도 애까지 딸린 여자 만나는 거 쉬운 일 아니다. 제발 좀 상대를 섬세하게 대해 주란 말이야. 이 둔한 놈아. 너 같은 게 무슨 글을 쓴다고 참."

비록 혼이 나긴 했지만 나는 녀석 덕분에 기분이 가벼워졌다. 마지막 말이 걸리긴 했어도 하여튼 나만 잘하면 된단 얘기 아닌가.

기분이 좋아진 나는 우선 쉼 없이 원고 독촉을 해 오고 있는 출판사 에디터에게 메일을 보냈다. 이제야말로 다음 달 안에 완성된 원고를 보내 주겠노라고. 최근 글이 죽어라고 나오지 않아 우울에 찌든 나날을 보내고 있었지만 이제 누군가가 곁에서 힘이 되어 준다고 생각하니 그깟 책 한 권쯤 한두 달이면 얼마든지 쓸 수 있을 것 같았다. 그러고 나서 나는 우리 관계의 특별함을 상징하는 의미로 가까운 사람들과 연락할 때만 쓰는 나의 2G폰 번호를 그녀에게 보냈다. 좀 쉬셨냐며 안부를 묻는 내용과 함께. 그런데 점심 때

보낸 문자에 오후가 다 지나도록 답이 없다. 차를 찾아갔다더니 도로 자고 있나? 어느덧 해는 지고 저녁 여덟 시가 넘으면서부터는 슬슬 마음이 조급해지기 시작했다. 지금까지 자고 있을 리는 없을 텐데……. 열 시를 넘겨 밤이 되자 또 생각이 많아진다. 쑥스러워서 그럴 수 있을 것이다. 하룻밤 몸을 섞었다고 해서 그게 둘 사이에 결코 친밀감을 보장해 주지 않는다는 것쯤은 나도 알고 있으니까. 그러나 열두 시를 넘기는 건 너무 심한 것 아닐까? 자정이 넘어서자 나는 기어이 초조해져 내 쪽에서 다시 연락을 해 볼까도 생각했지만 나리의 충고가 귓가에 울려서 가까스로 참아 냈다.

니가 잘해야 해. 너한테 달렸어.

새벽 두 시. 결국 그날 연락은 오지 않았고 다음 날도 또 그다음 날도 오지 않았다. 이 여자 뭐지? 시간이 갈수록 기분은 어두워지고 생각은 부정적인 쪽으로 흘렀다. 그럼 우리가 두 번째 만남을 가진 것은 소개팅을 한 사이에 지속적인 관계를 가져 보자는 게 아니라 그저 한 번 익힌 안면을 이용해 가끔 놀기나 하자는 뜻이었단 말인가? 그러기엔 우린 너무 친근한 시간을 보냈고 모든 것이 잘 맞는 편이라고 생각했는데. 더구나 나는 그런 관계를 원한 게 아닐뿐더러 애초 그런 걸 원했다 해도 이런 식은 곤란했다. 이건 상대의 의사를 묻지 않은 일방통행일 뿐이니까. 나는 만약 또 지난번처럼 한 몇 달이 지나서 아무 일 없었다는 듯 멋대로 연락을 해 온다 면 됐다는 심정으로 씹어 버릴 작정이었다. 그깟 의사 선생 안 만나 면 그만이지. 정말 열이 받는 건 상황이 이런데도 내 쪽에서 할 수 있는 게 아무것도 없다는 사실이었다. 이런 상황에서 또 내 문자 못 받았냐 어쩌고 하는 문자를 보낸다는 건 못난이 인증에 다름 아니 기에.

연애를 할 때
정말 좋은 상대는
같이 있을 때 좋은 사람이 아니라
서로 떨어져 있을 때
나를 편하게 해 주는 사람이에요.

함께 있을 때보다
떨어져 있을 때 하는 행동을 보면
그가 나를 얼마나 배려하는지
이 관계에 얼마나 성의를 보이는지
알 수 있지요.

이래저래 마음이 어지럽던 그 주 주말에 공연이 있었다. 대규모 페스티벌이었고 우리는 헤드 라이너여서 가장 늦은 시간에 무대에 올랐다. 눈앞에 구름 떼 같은 사람들이 끝이 보이지 않을 정도의 장관을 이루고 있었다. 한창 공연을 하다 「가장 보통의 존재」라는 우리 곡을 부르는데 만 명이 넘는 관객이 '이런 이런 큰일이다' 하는 후렴 부분을 합창하는 광경을 보면서 하필 그때 여자가 이 노래를 들으며 질겁하던 모습이 밤하늘에 둥근 달처럼 떠올랐다.

"아악, 나 이런 음악 너무 싫어!"

별 거지 같은 게. 음악도 모르면서.
그러거나 말거나 사람들은 계속 엄청난 소리로 떼창을 했다.

이런 이런 큰일이다 너를 마음에 둔 게

관심을 애처로이 떠나보내고
그대의 별에선 연락이 온 지 너무 오래되었지
아무도 찾지 않고 어떤 일도 생기지 않을 것을 바라며
살아온 내가 어느 날 속삭였지 나도 모르게

이런 이런 큰일이다 너를 마음에 둔 게

17

착각

나는 관객들에게, 아니 나 자신에게 답가라도 하듯 마음속으로
속삭였다.

'큰일 아니야. 마음에 두지 않으면 돼. 아직 늦지 않았으니까.'

하지만 그날 밤. 수많은 사람들의 환호도 단 한 명의 외면을 커
버하는 데는 도움이 되질 않았고 나는 그저 결심할 뿐이었다.

'이제 연락이 와도 기필코 씹으리라. 이 치욕을 갚아 주리라.'

그러던 그녀로부터 다시 연락이 온 건 만난 지 꼭 일주일 만이
었다. 그토록 결심하고 또 결심했건만 그 짧은 문자 하나로 나의 일
주일간의 불만은 봄눈 녹듯 녹아 버리고 나는 그저 헤벌쭉 천치 같

은 미소를 지으며 문자가 닳아 없어질 때까지 보고 또 볼 뿐이었다.

뭐해요?

무슨 대단한 내용도 아닌 달랑 이 한마디에 열광하는 내 신세.
그런데 그냥 있다고 답을 하니 곧이어 하달된 접선 장소가 영 맘에
들지 않는다.

이태원 스모키살룬. 여덟시?

이 상황에 햄버거집이라. 내가 화가 났다는 건 도무지 모르고
있는 눈치다. 나는 오늘에야말로 우리 중 누가 주도권을 갖고 있는
지 확실하게 보여 줘야겠다는 생각에 이를 갈며 샤워를 하고 면도를
하면서 나갈 준비를 했다. 그날 밤 이태원 해밀턴 호텔 뒤편의 어
느 골목길. 수제 햄버거로 유명한 가게 앞에 도착하니 차례를 기다
리는 사람들이 긴 줄을 서 있었고 여자는 벌써 안쪽에 자릴 잡고 앉
아 있었다. 약간은 어색한 기운을 누르며 문을 열고 들어서는데 그
녀는 웃으면서 누군가와 통화를 하고 있다. 아니, 자기는 연락 같
은 거 잘 안 한다더니 어째서 손엔 저렇게 항상 핸드폰이 들려 있으
며 그러면서 왜 나한텐 문자 한 통을 안 하는 거야? 나는 애써 못마
땅한 기색을 감추며 그녀에게로 다가갔다. 나는 오늘 이 여자한테

남자 친구로서 요구하고 싶은 것들을 죄다 말할 것이다. 내가 너에게 해 줄 수 있는 것들과 없는 것들을. 그리고 네가 나에게 꼭 해 주어야 하는 것들과 결코 해서는 안 되는 것들을.

"이리 앉으세요."

나를 발견한 여자가 네 기분 따위 알 바 없다는 듯 환하게 웃으며 자신의 옆자리를 권했지만 난 단호히 사양하고는 그녀의 맞은편에 앉았다. 내가 삐지든지 말든지 아랑곳하지 않는 그녀의 표정이 내심 거슬렸기 때문이었다. 그녀는 지난 두 번의 만남 동안 때때로 보이던 그늘은 찾아볼 수 없이 우리가 처음 만났을 때의 그 모습, 마치 내 생사여탈권이라도 쥔 의사 선생님마냥 당당한 모습으로 돌아와 있었다.

제발…… 네 모든 걸 다 안다는 듯한 그런 표정 좀 짓지 말라고. 정말 그런 것 같아서 두려워지잖아.

아메리칸 스타일의 크고 질펀한 수제 햄버거를 말끔하게 먹어 치운 여자가 (어쩜 저렇게 자기 얼굴보다도 큰 걸 바로 앞에서 남이 보고 있는데도 저리 스스럼없이, 야채 한 쪽 흘리지 않으면서 먹을

수가 있을까. 그것은 바로 자신감이며 앞에 앉아 있는 나라는 존재
쯤 조금도 어려워하지 않는다는 증거일 터. 그러니 정신을 바짝 차
려야 한다. 여기서 밀리면 사귀는 내내 고생할 테니까) 마침내 냅킨
으로 입을 닦으며 내게 할 말이 있다고 했을 때, 난 속으로 대꾸했
다. 할 말? 있겠지. 나도 있어. 나는 우선 그녀의 얘기부터 듣기로
했다. 보나마나 연애를 시작하기에 앞서 이건 되고 저건 안 되고 뭐
이런 룰을 지 맘대로 정하려 들 테지만 어림없다. 나는 너한테 끌려
가는 연애를 할 마음이 없으니까. 이미 난 충분히 끌려가고 있긴 하
지만 내가 이리 마음을 쓰고 있는 건 단지 지금의 내 안 좋은 상태
때문이지 아직 진짜로 좋아서 이러는 건 아닐 거라고 믿었기에. 그
리고 그런 것을 떠나 어차피 연인으로서의 관계는 이미 시작된 것.
서로에게 솔직하고 서로 존중하며 지낸다면 무엇이 문제랴, 하고
나는 생각했으나 그것은 실로 순진한 착각이었다. 그날 그녀가 내
게 한 요구들은, 그래 그건 제안이 아닌 그야말로 요구였다. 지난
일주일간 내가 떠올렸던 무수한 경우의 수 중에 하나도 들어맞는 게
없는 전혀 예상 밖의 것들. 그건 마치 싫으면 관두라는 식의 강짜
였으며, 자기로선 아쉬울 게 하나도 없다는 흡사 선언과도 같은 것
이기도 했고, 자신에 대한 나의 모든 기대를 물거품으로 만들어 버
린, 하여간에 여자의 그 돌발적인 제안에 어떤 대비도 되어 있지 않
았던 나는 그저 당혹, 당혹의 연속일 뿐이었다. 도대체 이 여자는
나한테 왜 이러는 걸까. 이따위 걸 지금 말이라고 하고선 저렇게 해

맑게 웃고 있는 걸까? 그런 그녀를 앞에 두고, 나는 도무지 헤어 나올 수 없는 수렁에 빠진 기분이었다.

주여…… 제발 저를 정상적으로 살게 하소서.

경계

(지금) 뭐해요? 까지도 괜찮지.
시간이 되냐는 뜻일 수 있으니까.
그치만 (오늘) 뭐했어요? 로 넘어가면 곤란해.
친구 사이에 물어볼 말은 아니니까.

18

만추

　그녀는 이제 막 도착한 어떤 귀한 물건의 포장을 끄르기 직전 심각한 주의 사항이라도 전달하는 배달부처럼 말했다. 첫째, 자기가 연락을 안 하는 이유는 자기는 원래 연락을 잘 안 하기 때문이며 앞으로도 그럴 것이라고(새빨간 거짓말이었다. 그 말을 하면서도 카톡을 주고받느라 정신이 없었으니까). 아무튼 둘째, 우리 사이에 연락이란 건 오로지 자기만 먼저 할 수 있으며 나는 자기한테 결코 해서는 안 된단다(도대체 왜?). 여기까지 듣고 난 이미 여자가 약간 또라이가 아닌가 하는 생각이 들었지만 하여간에 셋째, 그래서 자기가 시간이 되고 내킬 때만 나를 만나더라도 이해해 달란다(그래 더 떠들어 봐라). 넷째, 우린 결코 말을 놔서는 안 되고 특히 절대

로 자길 좋아하거나 보고 싶다는 등의 그 어떤 감정의 표현도 해서
는 안 되며 그런 감정을 갖지도 말란다. 부탁이니까 절대로, 라면
서 그녀가 이 부분을 특히 강조할 때 난 나도 모르게 실소에 가까운
웃음이 나왔는데 도대체 저 자신감이 어디서 나오는 걸까 싶어서였
다. 저 진지하고도 절박한 표정은 마치 넌 틀림없이 날 좋아하게 될
거라는 투이지 않은가. 아무튼 마지막 다섯째, 우리가 계속 만난다
고 해서 공식적인 연인이 되길 바라거나(왜냐하면 우린 결코 연인
이 아니니까), 서로의 친구들에게 서로를 소개하는 등 둘의 사생활
을 포개는 일 같은 건 없을 것이며 기대하지도 말란다. 여자는, 이
런 말들을 내용이야 어찌됐건 그렇게 싸가지 없는 톤으로 하거나,
얼척없게 명령조로 하거나 그렇다고 사무적으로 하지는 않았다. 그
저 컵에 담긴 물을 맥주처럼 홀짝여 가며 평소처럼 완곡하고 예의
바르게, 마치 자기한테 그럴 만한 사정이 있으니 제발 그래 주었으
면 좋겠다는 읍소의 톤으로 읊어 댔다. 그래, 그건 부탁이었다. 내
용은 일방 통보였고 요구였으며 거의 강압적 제안이었으나 말하는
톤만은 그랬다. 쇼나 무슨 작전 같아 보이지는 않았다. 당신이 꽤
필요하기는 한데 이렇게 해 주지 않으면 자긴 나를 만날 수 없다는
것이고 그 이유를 말해 줄 순 없지만 자긴 내게 아무것도 보장해 줄
수 없을 뿐만 아니라 내가 저 다섯 가지 중 하나라도 어기는 순간
자기는 뒤도 안 보고 달아날 것이며, 우리 관계도 그것으로 끝이라
는 거였다.

"뭐, 시작을 안 했으니 끝이라는 말 자체가 성립이 안 되는 거지만 아무튼 그래요."

나는 그녀의 이 다소, 아니 많이 황당한 요구들이 끝나기도 전에, 실은 마음속으로 이미 오케이를 하고 있었다. 나는 다른 건 몰라도 관계에 있어서 만큼은 판단의 속도가 무지하게 빠른 놈이다. 한마디로 그냥 쿨하게 만나자는 거 아닌가. 그 말을 뭘 그렇게 길게 하지? 난 그녀가 말을 마치자마자 알았다고 했다. 그래. 굿이나 보고 떡이나 먹으면 되는 거지 뭐. 내가 고개를 끄덕이며 선뜻 오케이를 하자 여자는 마치 구하기 힘든 한정판 장난감이라도 갖게 된 아이처럼 기뻐하며 컵에 남은 물을 단숨에 들이켜더니 곧바로 나를 이끌고 그곳을 나섰다. 그러곤 바로 옆 해밀턴 호텔 지하 주차장으로 가서는 그곳에 세워 둔 자신의 미니 쿠퍼를 몰고 강변도로에 올랐다. 남쪽으로 가는 걸 보면 워커힐이라도 가려는 걸까? 아니면 양평 쪽으로 빠져 불륜 커플들이 애용하는 러브호텔이라도? 허허……밥 먹고 나서 차도 한 잔 안 마시고 곧바로 침대로 직행이라니, 이 여자한텐 그 짓 말고 다른 건 모두 사족인가 보다.

오늘은 술을 마시지 않았으니 본인이 운전을 하겠다고 해, 핸들은 그녀가 잡고 나는 조수석에 앉아 오른편으로 내다보이는 밤의 한강변을 무기력하게 바라보았다. 나는 누나들 틈에서 자라서 그런지 방어기제가 누구보다도 빠르게 작동하는 편이다. 솔직히 이 여자가 그런 말들을 하는 순간, 아, 얘 좋아했다간 큰일 나겠구나 하는 생각이 들었다. 겨우 세 번 만나는 동안 사람을 이렇게 힘들게 하는 애는 앞으로도 쭉 그럴 것이고 한마디로 싹수가 노란 것이다. 단지 내가 연락에 취약하다 보니 (나는 하물며 택배 기사가 연락을 주기로 한 시간에 주지 않아도 거의 미친다) 열이 받고 애가 좀 탔을 뿐 실제로 좋아하는 것은 아닐 터. 이제라도 빨리 마음을 정리하고 이 관계를 그냥 받아들이면 된다. 그러니까, 자기가 동할 때면 언제든 잠자리에 응해 주고 같이 잤다고 좋아하지 말 것이며 절대 질척이거나 엉기지 말라는 것 아닌가. 오케이. 문제없어. 뭐 서른네 살, 나보단 여덟 살이나 적은, 그것도 정신과 의사 선생님을 고정적인 잠자리 파트너로 두는 것도 나쁠 건 없겠지. 나도 글 쓰다 쌓인 스트레스 널 만나서 풀면 될 테니까. 나는 애써, 일주일간 내가 가졌던 그 모든 설렘과 기대, 그리고 짜증과 화를 잊으려 노력했다. 나를 그렇게 흔들 만한 존재가 아니었다고 반복해서 믿으면서. 그렇게 자신을 타이르면서.

올림픽대로를 달리다 영동대교 부근을 지나는데 그녀가 기분이 동했는지 음악을 틀었다. 스트링과 피아노가 나름 분위기 있게 흐르는데 어쩐지 사운드가 친숙해 혹시 한국 음반이 아니냐 물어보니 영화 〈만추〉의 OST란다. "아, 만추요……." 난 또 습관적으로 여자한테 조금 미안해졌다. 현빈을 꿈꾸는 여자 옆에 나 같은 게 앉아 있는가 싶어서. 하지만 그렇다고 이 여자도 탕웨이는 아니지 않은가. 그런 생각을 하며 힐끗 운전하고 있는 그녀의 옆모습을 바라보는데, 지금 내 옆에 있는 여자가 욕정에 불타 오직 그것을 채울 요량으로 어딘가로 돌진하고 있다고 생각하니 일찍이 경험해 보지 못한 기이한 기분이 들었다. 차는 중간 정차를 하지 않는 직행열차처럼 지체 없이 속도를 냈고 잠실대교 부근에 이르자 예상대로 워커힐 쪽으로 방향을 틀었다. 나는 마치 드라마에서나 나오는 부잣집 젊은 마나님의 정부라도 된 기분이었고 차는 워커힐 입구를 지나쳐 단층 방갈로들이 모여 있는 소나무 숲길로 들어섰다. 아, 여기, 좋아는 하는데 한 번도 묵어 본 적은 없는 곳을 이런 용도로 오게 될 줄이야. 그녀는 이국적인 단층 방갈로들이 모여 있는 단지 앞쪽에 주차를 하고는 차에서 내려 그중 한 곳으로 나를 데리고 들어갔다. 그곳을 둘러싼 울창한 소나무 가지 사이로 비치는, 어슴푸레하면서도 어쩐지 축축한 달빛을 받으며.

첫눈이 온다며 연락할 수 있는 사람이 없다고 해서
삶이 끝나 버린 건 아니야.
그저 인생의 수천여 가지 행복 중 하나를 누리지 못하는 것일 뿐.

19

운명

　방문을 열고 들어가 현관에서 카드키를 꽂기 무섭게 우리는 누
가 먼저랄 것도 없이 입을 맞추며 서로의 옷을 벗기기 시작했다. 벗
기다 단추 같은 것에 걸려 더 이상 벗겨지지 않으면 바로 손을 물려
허겁지겁 자기 옷을 벗다 이내 상대의 등을 쓰다듬고 목덜미를 어
루만지며 도무지 어쩔 줄을 몰라 했다. 내려간 바지가 무릎 아래 발
목에 걸려 겅중대면서도 붙인 입술을 떼지 않은 채 우린, 그 상태로
뒤뚱거리며 침대 끝까지 걸어가 볼링 핀처럼 함께 쓰러졌다. 서로
의 몸을 포갠 채로 낮은 포복을 하듯이 침대 위를 거슬러 오르며 머
리로는 베개를 찾으면서도 손과 입은 쉴 새 없이 서로의 몸을 더듬
었다. 여자가 일어나 앉아 마지막으로 슬립과 브래지어를 벗는 동

안 나는 협탁 위의 조명을 낮추고 상대가 다 벗을 때까지 기다릴 수 없다는 듯 다시 무릎걸음으로 다가가 옷을 벗고 있는 그녀의 뺨에 입을 맞추며 소중한 듯 가슴을 움켜쥐었다. 셔츠를 자주 입는 터라 잘 몰랐는데 가슴이 예뻐 말을 해 주었더니 그녀는 유난히 쑥스러운 표정으로 나를 거칠게 끌어 당겼다.

사람이 마음보다 몸이 먼저 친해지는 과정을 처음 접해 보는 것은 아니나, 방금 전까지 아직은 내외를 하던 사이에 순식간에 알몸이 되어 이렇게 서로의 몸을 포개고 도저히 상상할 수 없는 곳을 만지고 쓰다듬는 순간은 아무리 많이 경험해도 내겐 여전히 신기하고 민망한 일. 아마 우리가 앞으로 그 일을 아무리 여러 번 하더라도 함께 보내는 시간이 어느 정도 쌓이지 않고서는 결코 진짜로 친해질 수는 없을 테지만, 어쨌든 그 순간만큼은 긴 세월을 함께 보낸 연인인 양 우린 스스럼없이 서로의 몸에 열중하고 있었다. 아래로부터 나를 올려다보던 여자의 게슴츠레한 눈이 감기고 벌어진 입에선 가볍고 때론 격한 신음 소리가 번갈아 흘러나올 때, 나는 나대로 그녀에게서 황당한 제안을 받던 좀 전의 기억은 잊은 채 오랜만에 느껴보는 누군가의 체온이 참 따뜻하다고 감격해 했다. 이래서 사람의 몸은 마음과는 따로 놀도록 만들어졌다고 하는 걸까. 나는 그녀의 갸름한 턱선과 예쁘게 감긴 눈꺼풀과 그 사이에 솟아 있는 나는 갖지 못한 오똑한 콧날을 보면서, 애초 나에게 이런 귀한 존재가 그렇게 선뜻 넝쿨째 굴러오는 일이 벌어질 거라고 기대를 했다는 자체가 웃기는 일이라고 생각했다. 보라. 내가 여자와 살을 섞고 있는 이 순간에도 이따위 복잡한 생각들을 하고 있을 때 상대는 이토록 순수하게 쾌락의 순간에 완벽하게 몰입을 하고 있지 않은가. 나는 나와 서로의 몸을 취하고 있는 여자가, 마치 너와는 상관없는 자신만의 일이라는 듯한 표정을 짓고 있는 걸 보면서, 결코 가질 수 없는 존재를 부둥켜안고 있는 것만 같은 기분에 그녀를 만지는 손길이 어쩐지 간절해지는 것만 같았다.

우린…… 이제 친해지겠지.
마음은 놔두고 몸만 기형적으로 친해지겠지.

한 시간쯤 뒤 우리는 일을 끝냈고 그녀는 샤워를 했고, 그러고 나서 우린 한 번을 더 하고, 그리고 또 샤워를 하고 나서야 여자는 나를 데리고 그곳을 나왔다. 오전 세 시. 새벽이었다. 방을 나서는 순간, 그녀는 다정함도 냉랭함도 아닌 예의 그 반듯한 모습으로 돌아왔는데, 할 때는 몇 번이나 잡던 손을 밖에서는 스치기라도 하면 큰일이 날 것처럼 조심을 하는 모습에 나는 묘한 기분이 들었다.

남이 볼까 봐 그러는지, 혹은 어떤 종류의 경계인지는 모르겠으나 그녀 나름의 규칙인 듯했고 영화에서 본 뭔가를 흉내 내는 거라면 연기가 어설프지 않아, 나는 솔직히 그런 그녀를 보는 게 약간 재미있기까지 했다.

피곤했는지 여자가 정중히 운전을 부탁해 나는 그녀의 차를 몰고 양재동 오피스텔로 가서 그녀를 내려 주고는 홀로 택시를 타고 간선도로 새벽길을 달려 집으로 돌아갔다. 사방이 깜깜하고 도로는 텅 비어 있었지만 쓸쓸함 같은 건 그다지 느낄 수 없었는데 그 이유는 지금 내 발등에 떨어진 불이 워낙 뜨거웠기 때문이었다. 종일 김칫국을 마시다 나가서 보기 좋게 박살이 나고 돌아온 이튿날 아침, 내가 당면한 문제는 여자나 관계가 아니라 그 여자를 믿고 호기롭게 출판사에 보낸 나의 섣부른 답장이었다. 이미 몇 번이나 마감을 연기해 더는 기다려 주기 어렵다는 출판사를 향해 난 이번엔 진짜로 완결된 원고를 보낼 테니 걱정 말라 했었다. 그것도 무려 한 달 안에. 그러나 여전히 책이라곤 한 글자도 읽을 수 없으며 아무런 하고 싶은 말도, 그래서 쓰고 싶은 글도 없는 상태에서 단지 누군가가 곁에 있어 준다는 이유만으로 갑자기 책 한 권을 뚝딱 쓸 수 있다고 믿었으니 참 얼마나 나다운 섣부름이자 단순함이었나.

만약…… 지금 나의 이 상태가 슬럼프가 아니면 어쩌지. 계속 이렇게 갈피를 잡지 못한 채로 살아가게 된다면.

　2009년에 첫 책을 내고, 나는 내가 사십 년 만에 처음으로 '내일'을 찾은 줄 알았다. 하고 싶은 일, 해야 될 일, 잘할 수 있는 일. 그런데 아니었다. 두 번째 책인 소설을 쓰는 동안 나는 행복하지 않았고 나라는 사람은 원래 일에서 재미나 행복, 성취감 같은 것을 찾는 편이 아니었기 때문에 그걸 원하고 있는 내가 스스로 당황스러웠다. 지금껏, 거의 평생을 하고 싶은 일을 하며 사는 건 소수의 혜택받은 사람들에게나 주어지는 행운 같은 것이라 생각했기에, 어떤 일이건 밥벌이나 기타 등등 필요에 의해서 하는 경우가 많았고, 따라서 거기에 대해 특별히 결핍을 느끼지도 않았다. 어떻든 잘해 내기만 하면 그뿐이었으니까. 그랬던 내가, 이제 더는 일이 즐겁지 않다는 것이 당연한 것이 아니게 되었을 때, 나를 지탱하던 많은 것들이 헝클어지고 말았으니.

　결국 나는 천직이라 믿었던 글을 쓰면서 오히려 쓰기라는 행위에 대해 다시금 회의를 하게 된 혼란스러운 상황에서 그녀를 만난 것이었는데, 솔직히 말하면 사십 넘어 내 인생 최대의 고난의 시기였고 마음이 몹시도 헐거워져 있던 때였다.

사람이 견딜 수 없는 것들을 견뎌야 하는 이유는
이 모든 게 한 번 뿐이기 때문.
사랑도 고통도
하늘도 꿈도 바람도.

며칠 뒤 아침, 습관적으로 그녀에게 전화를 걸려다 놀라 끊어
버렸다. 그녀가 우리 사이에 일방적으로 정해 놓은 (물론 나도 동의
하긴 했지만) 규칙이 생각났기 때문이었다. 급히 끊긴 했지만 신호
가 반 번쯤은 울렸던 것 같은데 그쪽 전화에서 벨이 울렸으면 어쩌
나. 난 이런 말도 안 되는 걸로 가슴을 졸여야 한다는 게 너무 짜증
이 나서 글이고 뭐고 집어 치우고 밖으로 나가기로 했다. 원래 집필
기간에는 누구도 만나지 않지만 지금은 엄밀히 따지면 '집필'을 하
고 있지 않으니 누구라도 만나야겠다는 생각이었다. 하지만 휴대폰
의 연락처를 아무리 뒤져도 만날 사람이 없었다. 기타 치는 능룡이
는 미국에 가 있고, 나리는 연애 상담밖엔 할 줄 모르고 그나마 만
날 수 있는 애들은 얼마 전에 거의 만났으니……. 아, 지금 내게 필
요한 건 성적 파트너 따위가 아니라 내 정신적인 고민을 나눌 사람
이거늘. 몇 달에 한 번, 혹은 일 년에 한두 번밖엔 볼 수 없는 친구
들이 내게 줄 수 있는 것 이상을 해 줄 수 있는 사람이거늘. 며칠 전
침대에서 난 누군가의 몸을 통해 충분히 위로받고 있다고 생각했었

는데 그 기억은 다 어디로 사라진 걸까. 나는 몰려오는 공허감과 외로움에 몸을 떨었다. 몸의 위로란 역시 순간에 불과한 것일까? 아무리 배불리 저녁을 먹어도 그다음 날 아침이면 어김없이 허기가 지는 끼니처럼?

사람을 피해 집에서 웅크린 채 혼자만의 삶을 영위해 온 지는 꽤 되었다. 유명한 사람은 유명해서 부담되고 친한 사람은 친해서 불편하고. 그렇게 언제부터인가 나는 점점 사람들을 만나는 일을 힘들어 했고 내 집에서 홀로 글을 쓰는 순간에 더 큰 행복을 느끼는 사람이 되어 있었다. 물론, 집에서 글만 쓰며 사는 생활에도 최소한으로 만나야 하는 사람들이 있고, 그 와중에도 미움과 갈등은 끝내 발생하더라. 그러니 관계라는 게, 사람이라는 게 피한다고 피해지는 것은 아니란 생각도 들지만 어쨌든, 난 이런 삶을 택했고 지금까지는 나름 잘 적응해 왔다. 딱 하나, 오늘처럼 누구라도 좋으니 만나지 않고는 견딜 수 없는 그런 날만 빼놓는다면.

바로 그런 날 그 순간에 운명처럼 전화기가 울렸다. 평소 같으면 아예 받지도 않았을 사람으로부터.

참 신기하죠,

내 고민엔 갈피를 못 잡고 허우적대면서
남의 고민을 들으면 해답이 너무도 선명히 보이고
내 집 대청소를 할 땐 어디서부터 어떻게 해야 할지
막막하기만 한데
남이 집 정리하는 거 도와주러 가면
너는 어떻게 그렇게 정리를 잘하냐는 소리를
들으니 말이에요.

그러니
누구도 가르쳐 주지 않고
가르쳐 줄 수도 없으며
가르치려 든다면 오히려 웃길 듯한
하여
결국엔 스스로 터득할 수밖엔 없는
스스로를 사랑하는 법.
오롯이 나 자신과 마주 보는 법.
자기 자신과 가능한 불화 없이 함께 잘 살아가는 법.

20

비상사태

　김웅. LA에서 조명 사업을 하다 얼마 전 십 년 만에 귀국을 했다는 친구. 한때 친하긴 했지만 몇 번의 사건으로 언제부턴가 휴대폰에서 번호조차 지워 버렸던 놈. 녀석의 사업이 터져서 엄청난 돈을 벌었단 얘기는 전에 들어서 알고 있었다. 그래서 그런지 놈의 목소리는 넘치도록 활기에 차 있었다. 자기 일에 확신을 가진, 성공한 놈들 특유의 톤이었다. 자기 일과 심지어 자기 자신과 인생에 대해 조금의 회의도 없는 그런. 그런데 난 여느 때처럼 그런 활기에 의심이 가거나 주눅이 드는 게 아니라 어쩐지 한번 이야기를 나눠보고 싶은 충동을 느꼈다. 아닌 게 아니라 최근 내 고민이란 게 내 일에 대한 확신이 없는 데서 비롯된 것이었으니 녀석을 만나서 그

확신의 비결이랄까 자신감의 정체를 확인하고 싶었던 것이다. 게다가 또 결정적으로 녀석은 자긴 미국에서 돈은 벌 만큼 벌었기 때문에 이제 한국에서 뜻있는 사업을 할 거라면서 '석원이 네가 꼭 필요한 일'이 있다고 하니 호기심을 가지지 않을 도리가 있겠는가.

"내가? 내가 어디에 필요한데?"

"만나 보면 알어. 좋은 일이야."

그렇게 해서 나는 오후의 홍차의 그 테이블과 의자의 정렬된 모습에 계시이자 가르침을 받던 그때처럼, 녀석의 확신에 찬 목소리에 홀려 평소 같았으면 결코 만날 일이 없던 놈을 만나게 되었다. 뭔가 운명 같아서. 솔직히 말하면 이놈이라도 만나지 않으면 죽을 것 같아서.

평생 해야 할 일이라고 생각했을 때

끔찍하단 기분이 드는 게 아니라

마음이 편안하고 당연한 듯 여겨진다면

그게 바로 진짜 평생 해도 되는 일이 아닐까.

그런 일을 찾기가 어렵다는 게 문제지만.

사람의 수명이 길어지면서

이제 세상은 이십 대와 삼십 대 그리고 사십 대가
비슷한 고민을 해야 하는 시대가 되었다.

막상 오랜만에 친구를 만난다고 생각하니 은근히 흥분이 된 나
는 개업 축하용 화분 하나를 사 들고는 녀석의 임시 사무실이 있다
는 영등포로 향했다. 사업을 잘하려면 사기꾼 기질이 좀 있어야 한
다더니 구라 잘 치고, 남 속여 먹는 재주 하난 기가 막히던 놈이 이
렇게 성공을 해서 자선 사업까지 하게 될 줄이야. 그런데 놈이 보내
온 주소 부근을 아무리 돌아봐도 도무지 번듯한 사업체가 있을 만
한 건물이 없었다. 온통 음침하고 낡은 건물들에 이상한 퇴폐 이발
소 같은 거나 들어 있으니. 그래 일단 근처 골목에 차를 대고 전화
를 하려는데 저만치 어떤 이상야릇한 가게들이 그중에서도 유난히
몰려 있는 웬 핑크 색 건물 앞에서 아메리칸 스타일의 커다랗고 시
커먼 라이방을 낀 웅이가 뺀질뺀질한 모습으로 내게 손을 흔들고 있
었다.

"석원아, 여기야."

반가운 마음에 차에서 내려 준비해 온 책과 화분을 꺼내자 녀석
이 다가오더니 뭘 이런 걸 가져왔냐면서 쑥스럽게 웃는다.

"개업이라는데 빈손으로 올 수 있냐."

솔직히 말하면 난 내가 필요한 그 일이라는 게 뭔지, 세상에 나의 새로운 쓰임새가 무엇일지 그게 너무 궁금해서 온 거였지만 어쨌든 티는 내지 않은 채 녀석을 따라 그 음침한 건물엘 들어가게 되었다. 그런데 오 층 꼭대기까지 계단을 통해 걸어 올라가 보니 마지막 층엔 이름도 제대로 알아볼 수 없는 간판뿐. 통 이상하다 싶어 머뭇거리는데, 그 층에 들어갈 데라곤 거기밖엔 없었고 알고 보니 놈이 차린 그 뜻있는 사업체라는 건, 입에 올리기도 더러운 키스방을 말하는 것이었다.

"야이…… 너 지금 이딴 거 차리구선 축하해 달라고 친구를 불렀어?"

하도 어이가 없어 내가 그 자리에서 도로 내려가 건물을 빠져나가려 하자 녀석이 급히 따라 내려오더니 약간은 불쾌한 표정으로 내 팔을 잡았다.

"야, 그러지 말고 좀 있어 봐. 너 산나 알지, 허산나."

"뭐?"

난 갑자기 머리가 띵해지는 느낌이었다. 대체 아무 연관도 없는 산나를 이놈이 어떻게 안단 말인가. 그러나 불행히도 녀석이 말한 산나는 내가 아는 그 애가 맞았다.

"맞지? 보스턴 사는 애."

나는 산나가 확실하다는 생각에 나도 모르게 웅이의 멱살을 잡

앉지만 녀석은 내 손을 가볍게 뿌리치며 말했다.

"걱정 마라. 암에 걸려서 머리가 다 빠진 애를 내가 뭣 하러 건드려."

보스턴에 암까지. 나는 놈이 산나에게 무슨 짓을 저지른 것만 같아 안절부절못하며 그때부터 거의 무장 해제가 된 상태로 그 발 딛고 싶지 않은 공간으로 다시 끌려 들어가야 했다.

TIP

보기 싫은 사람의 전화번호를 함부로 지우지 말 것.
누군지 몰라서 받았다가 낭패를 볼 수 있으니까.

21

비수

"나 이러고 산다."

녀석은 이 작고 햇볕도 안 드는 곳에서 종일 모니터만 눈이 빠져라 지켜보다 손님이 오면 쥐새끼처럼 달려 나가 돈을 버는 모양이었다. 마침 화면 속의 어떤 남자가 벨을 누르자 녀석은 쏜살같이 달려 나가더니 곧 돈 오만 원을 손에 쥔 채 돌아왔다. 나는 녀석의 사정 따위 관심이 없었기에 산나 얘기나 빨리 해 보라고 다그쳤고 녀석은 안 그래도 그 일 때문에 나를 불렀다며 마침내 내가 원하던 이야기를 시작했다. 녀석의 말을 듣는 동안, 나는 줄곧 매서운 의심의 눈초리를 거두지 않았지만 산나에 대한 녀석의 이야기에는 의심할 여지라곤 없었다. 서로 아는 사이가 아니라면 도저히 알 수 없는 것들을 너무 많이 알고 있었기 때문이었다. 불쌍한 산나. 암에 걸린 몸으로 주정뱅이 남편한테 시달리다 이혼을 했는데, 그 뭐냐 영주권이 나오기 전에 하는 바람에 오도 가도 못하는 신세가 된 지 오래라고 했다. 필시 아이들 때문이겠지. 녀석의 이야기는 앞뒤 맥락이 분명했고 오후 다섯 시가 되자 근처 설렁탕집으로 자리를 옮겨 은근슬쩍 다시 자기 사는 얘기까지 곁들이는 지경이 됐지만, 그마저도 묘하게 산나의 얘기랑 얽혀 있어 중간에 끊지도 못하고 마냥 들어 주는 수밖엔 다른 도리가 없었다. 만일 녀석의 이 천일야화와도 같은 기나긴 이야기가 돌고 돌아 결국 필요한 건 돈이라는 그 뻔한 결론으로 귀결되지 않았던들, 나는 하마터면 깜빡 속고 말았을 것이다. 허나 그 리얼한 듯 보이던 이야기의 결론이 그리하여 결국 그 불쌍한 산나가 자기를 통해 내게 전하는 메시지는 다름이 아니라 돈 1억만 보내 달라는…… 기어이 예상했던 최악의 멘트가 담배 냄새 자욱한 녀석의 텁텁하고 백태 긴 세 치 혀를 통해 나오는 순간, 나는 순식간에 마취에서 깨어난 환자처럼 정신이 번쩍 들고 말았던 것이다.

"에라, 이 새끼야."

나는 배신감과 허탈감이 뒤섞인 어조로 신음하듯 내뱉었다. 도대체 녀석은 어쩌다 이렇게까지 되었을까. LA에서 터졌다던 사업이 도로 망한 것일까? 애초 그것조차 거짓말이었던 걸까? 사실이 무엇이든 나는 이제 답을 알고 싶지조차 않았고 녀석이 산나에 대해 어떻게 알게 된 건지도 궁금하지 않았다. 단지 어서 이곳을 뜨고 싶을 뿐. 그래 미련 없이 자리를 박차고 일어서려는데 녀석은 굴하지 않고 마누라가 도망을 가서 애들을 자기 혼자 키워야 하네, 친형한테 사기를 당해서 그러네, 하며 되도 않는 읍소를 해 댄다. 그러나 무슨 말을 해도 이미 내 귀엔 들리지 않는 공허한 바람 소리들일 뿐이었다.

"나 돈도 없을 뿐더러 있어도 이딴 장사하느라 친구한테 사기나 치는 놈한테는 십 원도 빌려줄 마음 없어. 그러니까 다신 연락하지 마라."

그러자 녀석은 이제 작전이 물 건너갔다고 생각했는지, 아님 꼴에 내 말에 자존심이라도 상했는지 싸늘하게 낯빛이 변하며 언성을 높이기 시작했다.

"너무 깨끗한 척하지 마라. 너도 살다 보면 무슨 일을 하게 될지 모르는 거 아니냐."

"무슨 개소리야. 난 굶어 죽는 한이 있어도 너처럼은 안 살어."

그러자 녀석은 점점 더 악에 받쳐서 소릴 질러 댔다.

"과연 그럴까? 니가 나처럼 궁지에 몰려 봤어? 어? 여기 드나드는 사람들? 어떻게 보면 불쌍한 사람들이다. 너 어떤 여자도 너한테 관심조차 주지 않는 처지라는 게 어떤 기분인지 상상해 봤냐?"

녀석은 마치 능숙한 사기꾼처럼 이번에는 부드럽게 어조를 바꾸어 나를 설득하려 들었다.

"그러니까 내 말은, 한번 그 사람 입장이 돼 보고 욕을 해도 하라는 거다. 누구도 누구 보고 넌 어떤 여자도 눈길조차 주지 않는 병신으로 태어났으니까 죽을 때까지 여자랑 손 한번 잡아 보지 못하고 죽으라고 말할 권리는 없다는 거라고."

나는 녀석이 하는 헛소리를 더는 들어 줄 수가 없어 이내 설렁탕집을 나섰다. 무슨 말을 해도 저 더럽고 폭력적인 일을 정당화해 줄 수는 없었다. 놈은 기어이 돌아서는 내 등에다 대고 마지막 비수를 꽂으려 애를 썼지만.

"좆도 니가 꼴에 글 쓴다고 깝치지 않았으면 니 나이에 니 면상에 니미 가진 건 쥐뿔도 없는 니 새낄 여자들이 거들떠보기나 했을까? 너 요즘 의사 선생님 만난다면서? 과연 그 의사씩이나 되는 여자가 니가 쥐뿔이나 작가네 뭐네 하지 않았음 널 쳐다보기나 했겠냐고."

모르겠다. 난 녀석에게 더 이상 아무 대꾸도 하지 않고 서둘러 그 동네를 빠져나왔는데 차를 돌리다 다시 봐도 괴이하기 짝이 없는 핑크색 건물로 돌아가는 녀석의 뒷모습을 보면서 뭔가가 자꾸만 내 머릿속을 때렸다. 그건 옛날에 허구한 날 여자 뒤꽁무니나 쫓아다니던 주제에 이젠 작가 선생이라고 유세 떠는 거냐고 녀석이 빈정거려서도 아니었고, 니가 글줄이나 쓰지 않았으면 너 같은 걸 어떤 여자가 만나 주겠냐고 비꼬아서도 아니었다. 내 주제가 그렇다는 건 누구보다 내가 잘 알고 있었으니까. 근데 뭔가…… 녀석이 한 말 중에 분명 내 기분을 찜찜하게 만드는 게 있었는데 그게 뭔지 도무지 알 수가 없었다.

내가 어울리는 사람들의 질은
100퍼센트 내가 결정한 것
누구 탓을 할 필요가 없다.
그게 마음에 안 들면 좀 더 열심히 살아 보든가.

관계

단 한마디만 솔직하게 내 생각을 말해도 그 즉시 관계가 끝장나 버리 그런 사람이 있어요. 자꾸 나보고 자기랑 비슷하다는데 내 보기에 우린 조금도 비슷하지 않거든요. 무엇보다 나는 어느 누구에게도 난 너 같은 애 잘 알아, 라는 말을 그렇게 쉽게 하지 않아요. 누가 누굴 안다는 말이 얼마나 무례가 될 수 있는지, 그런 말은 얼마나 깊고 신중한 생각 끝에 해도 해야 하는지 아는 나와 모르는 그가 같은 부류가 될 수는 없다고 나는 생각해요. 하지만 간혹 얼굴한번 보고 가끔 안부나 주고받는 사이에 굳이 정색하며 아니, 우리는 전혀 다른 사람들이에요. 당신은 나를 모릅니다, 라고 하는 것도 오버인 것 같아 나는 그냥 당신을, 이 관계를 내버려 둘 뿐이죠. 이런 식으로 사람을 대하는 것이 도리어 솔직하지 못하고 그래서 어쩌면 당신보다 내가 더 상대를 기만하고 있는지도 모르지만, 이런 게 나의 방식이라 어쩔 수 없네요. 그래서 사람들은 이런 관계를 친구가 아닌 지인이라 부르는지도 모르겠습니다.

한마디만 솔직하게 말을 해도 그 즉시 끊어질 그런 위태로운 관계가 있어요. 항상 관계의 주도권을 자기가 쥐고 있다고 생각하는 친구에게 더 이상 맞춰 주길 거부하는 순간 그 관계는 위태로워질 수밖엔 없겠죠. 다만 내게 있어 그 친구는 그리 중요한 존재가 아니기에 나는 이 관계의 불균형을 바로잡을 마음이 없고, 그래서 실은 둘 중에 내가 더 이기적이고 못된 역을 맡고 있다고 해도 그게 내 방식이라 어쩔 수가 없는 거죠. 나는 앞으로도 최선을 다했으나 별 볼 일 없는 것을 만든 동료들에게, 너 왜 이것밖엔 하지 못했냐고 말하지는 못할, 나는 그런 종류의 용기는 발휘할 수 없는 사람이니까요.

이렇듯 나의 많은 관계들이 솔직하지 않은 대가로 유지된다는 것이 슬픕니다. 그렇지만 이런 내게도 솔직함을 이끌어 내는 사람들이 있어요. 얼마 되진 않지만, 그들이 내게 더할 수 없이 소중한 존재일 수밖에 없는 건 어떤 거짓말도 하지 않아도 되는 마치 호흡과도 같은 자유를 주기 때문이지요. 세상은 이런 관계를 지인이 아닌 친구라 부르겠지요?

22

불치병

그런데 내가 의사를 만난다는 얘긴 도대체 누가 웅이에게 한 걸까? 난 걔가 그걸 알고 있다는 자체만으로도 짜증이 나 죽을 지경이었지만 결국 누가 전했든 애초 내가 입을 열지 않았으면 알려질 수가 없는 일. 나는 내 저렴하기 짝이 없는 입을 자책하고 또 자책했다. 허나 이미 엎질러진 물이요 앞으로도 이런 일은 계속될 것인데, 왜냐하면 입이 싼 것은 영원히 고칠 수 없는 불치병이기 때문이다.

23

리트리버

닷새 뒤, 지난번 만난 날로부터 정확히 일주일 만에 다시 연락이 왔다. 정말로 그 일주일 동안 단 한 통의 문자나 전화도 없던 그녀였다.

뭐해요?

아마 일주일 간격으로 나를 보려는 것 같았다. 그러니까 이 사람의 라이프 사이클이란 건 주 육 일을 일하고 나머지 하루는 나를 만나 욕구를 해소하는 것으로 리프레쉬 하는 패턴인 모양이었다.

아무려나.

내가 동의한 관계였으니 불만을 가질 이유는 없었다. 그런데 바로 그때, 웅이의 말이 녀석의 의도와는 전연 상관없이 내 머릿속을 강타했던 이유를 알았다. 이 김정희라는 여자, 지금껏 나와 몇 번이나 만나 밥 먹고 술 마시고 심지어 잠까지 자는 동안, 아무리 우리가 깊은 사이는 아니라지만 단 한 번도 내가 누군지 무슨 일을 하는 사람인지 묻지 않았다는 것이다. 그저 이 여자는 "그냥 이런저런 일 해요" 하고 얼버무리는 내 말에 큰 관심이 없다는 듯 더는 아무것도 묻지 않았고, 그러니까 내가 쥐뿔이나 예술가입네 하는 사람이 아니었던들 그 의사라는 돈 많고 얼굴 멀쩡한 여자가 널 만났을 리 없다는 녀석의 말은, 적어도 이 김정희라는, 내가 누군지 알고 싶어 하지도 않고 상관도 안 하는 여자 앞에선 해당 사항이 없는 얘기란 것이었다.

그래, 그거였다. 애초 처음 만났을 때부터 그녀에게는 그저 아무나가 필요했을 뿐이었고, 나는 대화 상대가 침대 파트너로 역할이 바뀐 지금까지도 기꺼이 그녀가 원하는 그 아무나가 되어 주고 있었다. 문제는 앞으로도 나는 그녀에게 아무나이고, 누구든일 수밖에 없는 처지였건만, 모두 내가 동의한 것이므로 난 어떤 항의도 할 수 없다는 사실이었다.

그런데 내 기분이 왜 이렇지?

나는 순간, 비록 아무리 내가 동의한 관계라 해도 이런 대접은 뭔가 부당하다는 생각에 속 깊은 곳에서 어떤 분노 같은 것이 치받쳐 올라왔다. 하지만 그렇다고 내가 뭘 할 수 있을까. 지금 당장 전화라도 해서 이 관계 무르자고, 이렇게는 못 만나겠다고 어필이라도 해야 하나? 내가 그럴 수 있을까. 나한텐 지금 그런 용기조차 없다. 난 지금 내 한심한 처지 탓에 상태가 너무 안 좋은 데다 무엇보다 현재 우리의 관계는 이 여자가 슈퍼 갑이고, 난 을 중의 메가 슈퍼 울트라 을이니까. 난 당장 내 문제만으로도 너무나 작아져 있고 아무 힘도 없으니까. 관계에 있어 어느 일방의 갑질이 아무리 부당하다 한들 그게 연애 관계라면 어디다 하소연할 수도 없이 그저 홀로 모든 것을 감당해야 하는…… 연애란 건 본래 그런 일이지 않은가. 아니, 그와 나는 지금 연애조차 하지 못하고 있으니 더욱이 이런 사연은 어디다 얘기조차 할 수 없는 것일 테고. 나는 곧 이 모든 일은 내가 자초한 것이며 내가 내 중심을 잡지 못하고 빌빌거리기 때문에 생긴 일이라 평소처럼 애써 내 탓으로 돌리면서 (그게 사실이기도 하고, 그래야 화도 덜 나니까) 평소처럼 영혼 없는 몸단장을 하고는 약속 장소로 나갈 뿐이었다. 주인이 부르면 언제든 달려가는 한 마리 충성스러운 리트리버처럼.

이 바보 같은 놈아.
기분이 나쁘면 나쁘다고
싫으면 싫다고
왜 말을 못해.

자신을 불편하게 만드는 이에게
아닌 걸 아니라고 말하지 못하는 사람은
불편해진 관계의 엄연한 공범이라고.

24

자신감

　다른 사람들을 만나면 그녀에 대한 생각이 조금 덜 날까 싶어
고등학교 동창 놈을 만났다가 오히려 기분만 상하고 말았다. 세상
에, 남들보다 일찍 사업해서 돈을 좀 모았기로서니 어쩜 그렇게 자
기가 세상 모든 일을 다 아는 것처럼 굴어 대는지. 그래 처음 한두
시간은 그 대책 없는 훈장질에 장단을 좀 맞춰 주다가 이내 지쳐 나
중엔 그냥 입을 다물어 버렸다.

　아, 불쌍한 내 기분.

이처럼, 세상을 보는 눈이 자신만의 기준으로 이미 완성되어
버린 사람과 마주하게 되면 나의 입은 무거워진다.

한없이.

25

사랑과 이해

  내 고민의 포인트는 그녀를 아무리 이해하려 해도 이해할 수가 없다는 것이었다. 멀쩡한 사람이 왜 사람을 이런 식으로 만날까. 나는 또 왜 바보처럼 그걸 받아 주고 있을까. 분명 뭔가 사연이 있을 것만 같은데 그 이유라도 알면 좀 나을 것 같은데, 그런데도 난 솔직히 털어놓고 대화를 청할 용기조차 내지 못하고 있다. 애초 그 사람이 원천 봉쇄를 해 둔 탓이긴 하지만 사실 이게 과연 이해의 문제인지 그게 해결되고 나면 정말 내 마음이 괜찮아질지조차 알 수 없었다.

  그 즈음 우연히 러시아의 대문호 톨스토이의 말년을 그린 영화

〈톨스토이의 마지막 인생〉을 보았다. 영화에서는 생의 마지막 일
년을 남겨 둔 톨스토이가 부인과 이런저런 일로 '지지고 볶는' 장면
들이 많이 나오는데, 과연 악처로 유명했던 아내 소피아는 정말로
악처로 그려졌지만, 그러나 이해할 수 있는, 어떤 면에서는 사랑스
러운 악처였다. 알다시피 말년에 짐짓 성자인 척했던 톨스토이는,
사실 젊어서는 난봉꾼 노릇도 하고, 작품 활동에 몰두하느라 가정
도 잘 돌보지 않던 한량이었다. 그런 남편을 대신해 악착같이 집안
살림을 꾸려온 소피아는 단지 한 남자를 사랑하고 또 사랑받기를 원
했던 평범한 여자였을 뿐. 두 사람의 일생토록 이어진 복잡다단했
을 연애사를 내가 다 알 수는 없지만, 적어도 영화에서 보이는 두
사람의 모습은 인생의 마지막 순간을 함께 보내는 여느 노부부의 모
습과 별로 다를 바가 없었다. 단지 다른 점이 있다면 좀 많이 싸운
다는 것이었는데, 그건 톨스토이가 사후 자신의 저작권을 사회에
환원하겠다고 일방적으로 선언해 버렸기 때문이다. 아내에겐 상의
한마디 없이 말이다. 톨스토이의 입장에서는 자신의 신념을 지키고
죽기 전에 마지막으로 세상에 기여할 수 있는 성스러운 일이었는지
몰라도, 남편의 죽음 이후를 생각해야 하는 소피아로서는 가족을
생각하지 않는 남편의 결정을 도무지 이해할 수 없었던 것이다.

하여 이 위대한 대문호조차 아내와의 의견 차이 때문에 툭하면
머리를 쥐어뜯으며 괴로워할 때, 보는 나도 넌덜머리가 났지만 넌

덜머리가 나는 저 일이 내 일이며, 여느 사람들의 일이기도 하다는 생각에 어쩐지 머릿속이 아득해져 버렸다. 그들은 지겹고도 사랑스러운 커플이었다. 불같이 다투다가도 결국엔 늘 서로를 껴안고 사랑을 확인했다. 자신을 따라 주지 않는 아내에게 골이 나 노래를 거부하던 늙은 할아버지는 남편의 사랑을 확신하는 아내의 조련질 앞에 대문호의 체면이고 나발이고 집어던진 채 결국 하지 않겠다던 노래를 부르며 그녀 앞에 엎드려 아이처럼 사랑을 고백한다. 늙어 얼굴에 주름이 많이도 그어진 아내는 그제야 만족해하며 여전히 남편에게 나를 언제까지나 떠나지 않을 거냐고 묻는다. 그런 아내에 대한 사랑을 숨기지 못하는 남편. 사랑은 이처럼 시간이 아무리 흘러도 끊임없이 확인하게 되는 것. 나를 사랑하냐고 묻는 것이 또한 당신을 사랑한다는 말이 될 수 있는 이유이다.

"난 니가 좋은 게 좋아."
"어쩌죠. 저도 당신이 좋은 게 좋은데."

허나 사랑은 사랑이고 현실은 현실. 저작권 환원 문제를 둘러싼 두 사람의 대립이 극한으로 치닫자 마침내 톨스토이는 자신의 이상과 배치되는 커다란 집과 끝내 반대의 뜻을 굽히지 않는 부인을 놔 둔 채 기약 없는 먼 길을 떠나 버리고 만다. 기세 좋게 나서긴 했지만 노구의 몸으로 먼 여행길을 감당할 수는 없는 노릇. 결국 톨스토이는 어느 먼 간이역에서 급작스레 죽음을 맞이하게 되는데, 최후의 순간에 찾았던 것은 역시 아내 소피아였다. 남편의 임종 소식을 듣고 한달음에 달려와 흐느끼는 그녀. 그러나 끝내 이 말을 **빼놓**지 않는다.

당신이 나를, 이해해 주길 바랐다고.

아, 사랑하는 사람이 죽어 가고 있는데도 여전히 바라는 것은 상대가 아닌 나 자신에 대한 이해인 것이다. 빈말이라도 좋으니 내가 잘못했어요, 당신 뜻에 따를게요, 가 아닌 끝내 나를 이해해 달라는 말이었던 것이다.

그러나 나는 여전히 그런 소피아를 이해할 수 있었다. 사랑이란 그럴 수 있는 거니까. 온 세상 사람들이 나를 알아준다 한들 당신이 몰라주면 소용없는 거니까. 그건 온 세상이 몰라주는 것과 다름없으니까.

다른 누구도 아닌, 사랑하는 사람이 나를 이해해 줄 때 사람은 얼마나 행복한가. 그러나 그건 어렵고도 힘든 일. 자신을 이해해 달라고 그토록 간절히 호소하던 소피아도 결국 사랑하는 남편의 신념을 끝내 이해할 수 없지 않았는가. 그러나 이런 엇갈림이야말로 사랑의 인간적이고도 순수한 모습이 아닐까. 영화 속에서, 많은 사람들이 이 위대한 대문호의 죽음에 슬퍼하며 눈물 흘릴 때, 구석 한편에서 홀로 사십 년간 사랑했던 사람과의 이별을 감당하는 소피아의 모습을 보면서, 보는 나도 기어이 눈물 한 방울을 찍어 내고 말았다. 사랑이란 결국 상대와는 상관없는 나 자신의 문제이기에, 이렇게 엇갈릴 수밖에 없으며 사랑의 그런 영원히 완결될 수 없는 불완전성이야말로 사랑을 영원하게 해 주는 요소인지도 모른다는 생각에.

언젠가, 누군가에게 이끌려 찾게 된 명동 중앙극장에서 본 스웨덴 영화 〈렛 미 인〉에서도 이와 비슷한 이야기가 나왔었다. 사람의 피를 빨아먹지 않으면 생명 유지를 할 수 없는 흡혈귀가 그만 인간인 백인 소년에게 호감을 느끼게 되자, 몇 날을 망설이다 이렇게 물었던 것이다.

날 이해할 수 있겠니?

나를 이해해 줄 수 있느냐는 물음은 곧 나를 사랑할 수 있느냐는 것. 나, 겉모습과는 달리 나이도 무척 많고, 실은 사람들 피나

빨아먹고 사는 뱀파이어인데, 그런 나를 너는 이해해 줄 수 있냐
고. 그래도 괜찮겠냐고. 평범한 사람이라면 받아들이기 힘든 고백
에 그 자신도 왕따였던 소년 오스칼은 이렇게 대답한다.

너의 나이도, 하는 일도, 하다못해 네가 어떤 사람인지도 상관
없다고.

그러자, 사랑하는 사람의 그 무조건적인 이해 앞에 마침내 이
백 년이나 굳게 닫혀 있던 뱀파이어 이엘리의 마음은 사랑과 신뢰로
가득 차게 되고 두 사람은 그길로 함께 먼 길을 떠난다. 그 어떤 커
플보다 단단히 결속한 채로.

보자. 사랑하니까 이해하게 되는 것인가, 이해를 주고받다 보
니 사랑에 빠지게 되는 것인가. 어느 쪽이 먼저인지는 중요하지 않
다. 그런 건 정말 중요한 게 아니다. 단지 사랑에 있어서 이해라는
게 그만큼 중요하다는 것. 나를 명동 중앙극장으로 이끌어 함께 〈
렛 미 인〉을 보았던 사람은 내가 사랑했던 사람이었다. 우리는 당
시 막 사랑을 나누기 시작하던 참이었는데, 그때부터 헤어지던 날
까지 우리가 주고받았던 것은 결국 서로에게 자신에 대한 이해를 구
하는 끝없는 과정들의 연속 외에 다른 게 없었다는 생각이 든다. 좋
아하고 아끼는 마음은 열렬하였으나, 어리고(?) 서툴렀던 우리의

사랑은 그렇게 서로에게 자신에 대한 이해만을 구하다 결국엔 서로 또 다른, 더 새롭고 더 깊은 이해를 찾아 떠나 버리고 말았던 것이다. 아, 우리가 상대를 이해하는 연습이 조금만 더 잘 되어 있는 상태에서 만났더라면. 조금만 더 성숙했을 때 서로를 알았더라면.

사랑과 이해는 어째서 한 몸이 아니던가.

헤어지고 나서야 그 사람을 이해하게 되는 일은 왜 그렇게 많았던가.

내 목숨보다도 더 사랑한다던 너를 이해하는 일만은 어째서 그토록 어려웠던가.

가끔은 사랑보다 이해가 더 중요하단 생각이 든다.

가끔이 아니라 자주.

잘 지내. 너랑 영화 볼 때가 제일 재미있었어.

4부

好

소설을 읽을 때 뚜렷한 이야기나 재미 없이도 글이, 즉 문체가 마음에 들면 몇 날 며칠이고 읽어 내려갈 수 있듯, 누군가의 목소리나 말투 같은 것들이 마음에 들면 그가 들려주는 이야기가 유별나게 재밌거나 대단한 것이 아니어도 계속 귀를 기울이게 되는 것은 비슷한 이치다. 이미 내용과는 상관없는 단계로 돌입하고 있는 것이다. 그리고 당연히, 목소리와 말투를 좋아하는데 그 사람을 좋아하지 않을 확률은 그리 크지 않다.

시작되고 있는 것이다.

1

FADE IN

하지만 나는 생각보다 그녀와 잘 지냈는데, 그건 내게 닥친 문제가 그녀 말고도 많았던 데다, 무엇보다 그녀와 침대 바깥에서 보내는 시간이 조금씩 늘어났기 때문이었다.

모르겠다. 그녀가 어떤 의도로 그랬는지는. 정말 삐딱하게 생각하면 그것도 다 결국엔 하나의 전희, 다시 말해 더욱 알찬 잠자리를 위해 상대와 정서적 교감까지 나누려는 의도라고 생각할 수도 있겠으나, 그렇게까지 믿고 싶지는 않았다. 아무리 잠자리 파트너라고 한들 그렇게 만나자마자 매번 침대로만 직행할 수야 있겠는가. 만나다 보면 밥도 먹고 술도 마시게 되고 그러다 보면 얘기도 하게 되고 어떻게든 서로에 대해 조금씩 알게 되다 보니 자연스레 그리된 것이겠지.

뭐해요?

우리는 정확히 일주일에 한 번씩 만났다. 사실, 만났다는 표현 보다는 그녀가 나를 콜 했다는 표현이 더 정확할 테지만 아무튼 그랬다. 그리고 만나서는 하루도 빼놓지 않고 결국엔 잠을 잤지만 그 전에 하는 일들의 레퍼토리는 점점 늘어났다. 처음엔 같이 밥 먹고 술만 마시다 나중엔 가끔이지만 차도 마시고, 맛있다는 집에 케이크도 먹으러 가고, 양재천 근처를 산책하기도 하고, 서점에서 데이트도 했으며, 바람이 엄청 세게 불던 어느 가을밤엔 야간 개장을 한 경복궁엘 가기도 했는데, 다만 영화를 함께 보는 일만은 하지 않았다. 몇 번 청해 보기는 했으나 그때마다 그녀가 노골적으로 사양하는 걸로 봐서, 내 생각엔 아마 영화를 본다는 건 자기가 정해 놓은 선을 넘는 행위라고 여기는 것 같았다. 손은 특별한 사람과만 잡는다는, 내가 손을 잡는 것에 부여하는 의미를 이 사람은 영화에 두고 있는지도 몰랐다.

그녀는 나의 개그 스타일을 좋아했고, 내 목소리를 좋아했으며, 자기 주변의 어떤 남자도 알아보지 못하던 자신의 발렌티노 백을 내가 알아보는 데에 놀란 적이 있고, 다른 여자들은 요즘 잘 신지 않는 앞코가 뾰족한 분홍색 힐을 신고 나왔을 때 내가 예쁘다고 반응하는 것에 기뻐했다. 또 새벽에 섹스를 한 뒤 TV를 틀어 놓고 초조하게 류현진의 경기를 기다리는 나를 보며 어린애 같다고 귀여워하기도 하고, 서점에 가면 자기는 모르는 책들을 내가 많이 아는 것을 신기해했으며, 내가 말하는 정신과 약 부작용의 묘사가 마치 작가처럼 섬세하다며 (나로선) 흥미로운 반응을 보이는가 하면, 가끔씩 내가 공연을 앞두고 말을 못하는 상황이 되었을 땐 대체 무슨 일 때문에 그러냐며 목소리를 들려 달라고 투정을 부리기도 했다. 그리고 나는…… 나는 진작부터 그녀의 많은 것들을 좋아하고 있었다. 습관처럼 내 옆에 앉아선 앨리샤 키스의 「If I ain't got you」를 흥얼거리던 모습과 내가 조금이라도 불안해하거나 우울해하는 기미를 보일 때면 어김없이 알아채고 나를 다독이려 드는 그 섬세함과 자상함도(비록 '나'여서가 아니라 의사로서의 어떤 본능적인 행동 같긴 했지만), 그리고 여전히 바깥에서는 단 1밀리도 나와 스치지 않으려 조심하는 그 의도 모를 단호한 태도와, 언젠가 한번 보고 싶다고 말해도 되느냐고 물었을 때 얼굴이 빨개지도록 정색을 하며 약속을 지키라고 나를 면박 주던 냉담하고 어색한 미소까지 모두, 모두를. 이렇듯 내가 더 이상 나 자신에게조차 더는 그녀에 대한 나의 감정을 숨기지 못하게 되었을 때, 우리에게 주어진 그 일시적인 평화는 곧 깨어질 운명에 처했는데 그건 바로 크리스마스가 다가오고 있었기 때문이었다.

무조건적인 믿음과 사랑을 퍼붓고 싶은 상대를 만났을 때 그 사람이 왜 그렇게 나를 좋아하느냐고 물으면 무슨 대답을 할 수 있겠어. 단지 니가 좋기 때문이라는 말 외엔 다른 어떤 이유도 찾을 수 없는데.

2

크리스마스

원래 크리스마스를 좋아하긴 해도 그렇게 챙기는 편은 아니다.
어차피 나 같은 직업을 가진 사람은 성탄절 즈음엔 항상 무언가 스
케줄이 있기 마련이어서 뭘 할 수도 없다. 하지만 이번에는 거의 십
년 만에 처음으로 아무런 일이나 약속이 없었는데 도리어 그게 나
를 혼란케 했다. 나로선 오랜만에 성탄절에 누군가 만날 수 있는 기
회가 생겼는데, 정작 그날 같이 있고 싶은 사람과 내가 과연 크리스
마스에 만나야 할 사이인지, 내가 그걸 기다리고 준비라는 걸 해야
하는지 도무지 알 수도 없고 그걸 상대에게 물을 수조차 없기 때문
이었다. 설상가상, 하필 그때 예전 여친에게서 연락이 오는 바람에
나의 머릿속은 더욱 복잡해지고 말았다. 우리는 헤어진 지 삼 년쯤

된 사이로, 헤어지고 나서도 가끔 만났고 바로 그 전해 크리스마스도 동병상련의 차원에서 함께 밤을 보낸 적이 있었다. 물론 우린 그날 같이 잤는데, 애정에서 비롯된 일은 아니었지만 아무튼 이번에도 만나면 그렇게 될 가능성이 큰 상황에서 내가 지금 왜 이걸 마음에 걸려 하고 있는지, 상대는 정작 내가 누구랑 자든 말든 상관하지 않고 있는데 나 혼자 이러고 있는 건 아닌지 혼란스러웠던 것이다. 그렇게 고민이 되면 그까짓 거 그냥 물어보면 되지 뭐가 그리 걱정이냐고 할진 모르겠지만, 한번은 생일을 물어봤다가 면박을 당한 적도 있었고(너와 나는 그런 걸 챙기는 사이가 아니라는 분명한 의사 표시였다), 언젠가 내가 잠깐 외국에 다녀오게 되었을 때에도 불타는 밤 보내고 오시라 인사를 하길래, 당신은 내가 다른 여자랑 놀아도 상관없냐고 하니 자긴 오히려 그게 더 좋으니 적극 권장한다면서 해맑게 웃어 보이던 여자한테, 툭하면 너는 나만 보지 말고 다른 여자도 좀 만나라는 그런 여자한테 내가 무슨 배짱으로 우리 크리스마스엔 어떻게 되는 거냐고 물을 수가 있단 말인가. 우리가 처음보다 많이 친해졌고 그녀도 잘은 모르지만 내게 뭔가 더 마음이 생기지 않았을까 막연하게나마 기대에 가까운 추측을 하면서도, 여전히 우리 관계의 키는 오로지 그녀가 쥐고 있는 상황에서, 내가 조금이라도 어떤 기대를 갖는 순간 여지없이 나의 그런 기대를 박살 내는, 아니 오히려 그럴수록 그만큼 더 달아날 것처럼 엄포를 놓는 그녀의 행동들에 움츠러들기 바빴던 내 처지에 말이다.

왤케 답이 없어. 누구 만날 사람이라도 있는 거야? ㅋ

아무런 고민 없이 만나서 즐겁게 놀 수 있는 옛 여친에게서 재촉 문자가 온다. 내가 안 된다고 하면 일 초도 망설이지 않고 즉시 다른 상대를 구하겠지. 물론 나도 애랑 딱히 만나고 싶어서 이러는 건 아니다. 다만 나는 지금 과연 내가 성적 정절(?)을 지켜야 하는지, 다른 여자랑 만나서 놀면 안 되는 건지를 알고 싶을 뿐이고 그 모든 의문은 결국 우리는 어떤 사이인가 하는 관계에 대한 근원적인 물음에 다름 아니었다.

12월 23일. 크리스마스이브의 전날이 되도록 연락은 없었다. 늘 제멋대로 연락을 해 오는 사람인 만큼 어쩜 성탄절에조차 이 여자는 당일이 되어서야 만나자고 할지도 모른다. 어쨌거나 지금 당장은 어느 때보다 혼란스럽고 쓸쓸한 크리스마스이브의 전야임은 분명했다.

인간은 결국엔 혼자서 살아갈 수밖에 없고
혼자 보내는 대부분의 시간을
어떻게 보내느냐에 따라
그 사람의 삶의 질이 결정된다고 봤을 때

책의 가장 위대하고도 현실적인 효용성은
혼자 있는 시간을
사람들과 있을 때 못지않게
때로는 그보다 더욱 풍요로운 순간으로
만들어 준다는 점이 아닐까 한다.

쉽게 말해,
바로 이런 순간에
책을 읽어야 한다는 얘기다.

3

염증

    24일에도, 25일에도 연락은 오지 않았다. 구 여친으로부터의 제안은 끝내 거절한 뒤였다. 그 친구는 시청 앞 플라자 호텔에 전망이 끝내주는 방 하나를 잡아 놓았다고 들떠 있었지만, 나는 그 제안에 응할 수가 없었다. 그래. 뭐 성탄절 날 호텔 꼭대기에서 광화문 일대를 내려다보며 노는 것도 나쁘진 않겠다만. 23일 오후에 답을 늦게 줘서 미안하다며 양해를 구한 뒤, 나는 만나는 사람 있나 보네 잘해 봐, 라는 구 여친의 격려에 그렇다도 아니다도 아닌 모호한 웃음으로 답을 대신하며 전화를 끊었다. 다른 때 같았으면 별로 타지도 않을 성탄 분위기를 유난히 느끼기 시작한 터였다. 사실 24일에는 화가 좀 났는데 25일엔 그냥 덤덤했다. 그녀가 말하는 대로, 그녀는 나와의 크리스마스를 챙길 의무가 없었고 나 또한 화낼 자격 같은 건 없었으니까. 우리가 관계를 시작하던 날 그녀는 내게 분명히 말했었다. 우리는 결코 서로 다투거나 화를 내서는 안 된다고. 왜냐하면 그건 사귀는 사이에나 가능한 일들이기 때문에.

27일. 여자는 평소처럼 일주일의 간격을 지켰다. 크리스마스고 나발이고 상관없이 그저 정해 둔 날에 연락을 준 것이다. 오로지 자기 욕망을 채우려고.

크리스마스 잘 보냈어요?

오늘은 웬일로 뭐하냐고 묻질 않는다. 크리스마스라서일까. 그럴 리가. 평소 뭘 하냐고 묻는 것도 정말 내가 뭘 하는지가 궁금한 게 아니라 그저 만날 수 있냐는 뜻이었으니 오늘도 그렇겠지. 설사 그렇더라도, 난 언제나 네가 날 불러 주는 것만으로도 반가움과 기쁨으로 차올랐었지만 오늘은 왠지 그런 기분이 들지 않는다. 어쨌든 난 여느 때처럼 그녀의 의도에 걸맞게 내가 크리스마스에 어찌 지냈는지에 대한 답은 생략한 채 그저 어디서 볼까요 하고 묻는 답장을 보낼 뿐이다. 왜냐하면 난 오늘 아무 일도 없으니까. 아니, 할 일은 태산같이 밀려 있지만 지금 난 이 여자를 만나는 일 말고는 다른 어떤 것도 하지 못하는 한심한 처지니까.

평소처럼 여자가 지정한 약속 장소로 나갔다. 그녀는 강남 교보에서 만나 저녁으로 우동이나 먹자고 말했는데, 그런 그녀의 말에 나는, 만나는 날짜와 장소 모두 철저하게 연말과 성탄이라는 시기적 특별함을 무시하는 듯한 그녀의 선택에 약간의 모멸감마저 들었다. 어떻게든 평정심을 유지하려고 했지만 이젠 한계에 다다른 것 같았다.

사람들로 꽉 찬 지하철에 짐짝처럼 실려 강남역으로 갔다. 처음 소개팅을 하던 날부터 지금껏 나는 이 사람한테 내 차를 보여 준 적이 없다. 애초 내가 무엇을 타든 관심도 없을 여자 앞에서 나 혼자 자격지심에 쇼를 하고 있는 것이다. 별로 좋지 않은 기분으로 교보에 들어서니 연말이라 그런지 서점 안도 방금 타고 온 지하철만큼이나 사람들이 많았다. 그런데 이 바보 같은 자를 보라. 공간을 새카맣게 메운 그 많은 사람들 틈에서 어떤 여자가, 그것도 그토록 미워하고 서운해 하던 사람이 자기를 향해 손을 흔드는 모습을, 그 눈엔 그 사람만 보이기라도 하는 양 한 번에 알아보는 이 광경을.

아, 내 사랑.

바로 그 전까지 분명 말할 수 없는 원망의 감정들로 가득했었는데 그녀를 보는 순간 아무런 생각도 할 수가 없었다. 결코 좋아해 본 적 없던 긴 머리도 이젠 너무 예쁘게만 보이고, 보고 있어도 보고 싶은 마음에 목에선 왈칵 하고 뜨거운 울음 비슷한 것이 올라오는 것만 같았다. 어떤 미움과 불만의 마음도 너라는 존재 앞에선 그저 어디론가 다 증발해 버리고 마는 걸까. 이 모든 감정들이 모두 누군가에 대한 갈망에서 비롯된 것이라 생각하니 문득 두려움이 앞섰다. 더 늦기 전에 그만 헤어져야 하는 건 아닐지. 나는 관계가 불행하다 느끼면 도망치려는 습성이 있다. 바로 그때, 가까이 다가와 나를 보는 그녀의 천진한 미소는 마치 '시작한 적도 없는데 무슨 끝을 내요?' 하고 내게 묻고 있는 것만 같았다. 늘 그렇듯 내 마음을 자기가 다 안다는 듯, 하지만 결코 네가 원하는 걸 들어주지는 않을 거라는 듯, 그렇게 조롱하듯이. 그래, 너는 처음 나와 자던 그때도 지금처럼 나와는 상관없이 네 자신에게만 몰입하고 있었지. 나는 그때처럼 그토록 원하던 너를 앞에 두고도 이렇게 복잡한 생각들을 하고 있는 거고.

이 관계…… 날 너무 불행하게 해.

우리는 만원 지하철 속처럼 붐비는 서점을 일단 빠져나가 다른 곳에서 저녁을 먹기로 했다. 사람이 너무 많아서 푸드 코트조차 줄이 넘쳐 있었다. 한 치의 틈도 없이 뭉쳐 있는 사람들 틈을 지나느라 서로를 놓칠 수 있는 상황인데도, 그녀는 아주 살짝이라도 내

팔뚝의 옷소매 끝자락조차 잡으려 들지 않았다. 그런 여자를 보면서 나는 함께 밤을 보낼 때마다 침대 위에서 만큼은 마치 놓아서는 안 될 구명줄을 붙잡듯 내 손을 잡고선 놓지 않는 그녀를 떠올렸다. 너는 정녕, 침대 위에서만 우리가 연인이길 바라는 거구나. 하지만 그놈의 손, 손이 모든 걸 헷갈리게 했다. 손은 거짓말을 안 하는데……. 좋아하지 않는 사람과 손을 잡을 수는 없는 건데……. 오늘따라 어쩐지 나를 보고 얄궂게 웃어 보이는 듯한 그녀의 미니 쿠퍼 운전석에 올라 다소 신경질적으로 액셀과 브레이크를 번갈아 밟으며 건물 바깥으로 나오니 교보타워 사거리 앞은 이미 차들로 장사진을 이루고 있었다. 차가 멈춘 틈을 타 우린 각자의 스마트폰으로 갈만한 곳을 물색했는데 마침 가끔 다니던 한남동의 어느 이태리 요릿집에 자리가 있어 가자고 하니 그녀의 반응이 참으로 생뚱맞다.

"분위기 내고 싶어요?"

아니, 난 그저 이맘때 예약 안 하고는 자리 있는 곳이 드물어 거길 가자고 했던 것뿐인데 꼭 이렇게까지 말을 해야 할까.

"그런 게 아니라……."

오늘따라 표정이며 말하는 거며 유난히 얄미운 게, 왜 그러는지 이해할 수가 없었다. 그래, 분위기 내지 뭐. 오늘이 너의 이기적이고 못된 요구들을 들어줄 우리의 마지막 만남이 될지도 모르니까. 나는 더 이상의 대꾸를 하지 않은 채 그저 묵묵히 차들로 꽉 막혀 있는 도로를 뚫고 한남대교를 건너 순천향병원 쪽으로 갔다. 잠

시 후, 식당이 자리한 건물 앞에 차를 세우자 문을 열고 내린 그녀
는 우리가 들어가야 할 모던한 회색 콘크리트 건물을 슥 훑어보더니
이런 데 말고 그냥 수수한 데를 가고 싶었다면서 또 평소 같지 않게
투덜거린다. 나는 거의 체념한 상태로 아무 대꾸 없이 그녀를 데리
고 건물 안으로 들어갔다. 식당에는 연말을 맞아 망년회를 하는 사
람들과 연인들로 가득 차 있었고 그 시끄럽고 행복한 공간 속에서,
오직 우리 두 사람만이 무슨 사이인지 설명이 되지 않는 그런 이상
한 관계였다.

한 번 부탁해서 되지 않는 건
두 번 하지 않아요.
나를 구차하게 만드는 사람에게
할 일은 부탁이 아니라
다만 판단을 내리는 것뿐.

그 사람에 대해.
그 사람이 나를 생각하는 만큼에 대해.

관심과 성의란 부탁을 해서
생기는 게 아니기 때문이죠.

4

유감

"어머, 김 쌤!"

그런데 그곳에서 돌발 상황이 벌어졌다. 우리는 강남에서 한남동까지 끔찍하게 막힌 길을 달려오느라 지친 상태였고 안에는 빈자리가 딱 하나뿐이었는데 하필 옆자리에 그녀의 동료 의사가 앉아 있었던 것이다. 그녀는 약간 당황한 기색으로, 머리는 극단적인 숏컷에 의사라곤 믿을 수 없을 만큼 날라리 같은 차림의 그 피부과 의사라는 여자를 반겼다.

"어떻게 여기서 만나."

그러더니 금세 평정을 찾으며 옆에 앉은 남자에게도 인사를 건넨다.

"민호 씨, 안녕하세요. 잘 지내셨죠?"

옆에 앉은 8 대 2로 칼같이 옆 가르마를 한 놈은 남편인 것 같았다. 화려한 붉은색 실크 블라우스 차림의 피부과 의사는 가슴이 유난히 도드라져 보였는데, 나중에 듣기론 집안 사정 때문에 전문의를 포기하고 열 받아서 수술을 한 것이라고 했다. 뭐 그러거나 말거나 여자는 자신감이 넘쳤고 우린 잠시지만 그 말 많고 자신들이 꽤나 스타일리시하다고 믿는 듯한 부부와 졸지에 합석을 하게 됐다. 문제는, 그럭저럭 넷이 어색한 대화를 이어가던 중 그 피부과 의사가 그녀에게 던진 호들갑스럽고도 의례적인 물음으로부터 비롯되었다.

"근데 둘이 무슨 사이야? 애인? 아님…… 그냥 친구?"

거기까지야 아는 사이에 충분히 물을 수도 있는 것이었으나 그냥 적당히 둘러대고 넘어가면 될 것을, 질문을 받은 그녀가 갑자기 깔깔깔 어색한 웃음을 터뜨리더니 나에게 "글쎄? 우리 무슨 사이지?" 이러면서 놀리듯 묻는 데서 그만 사달이 나고 만 것이다.

'아니 그걸 왜 나한테 물어. 우리가 어떤 사이인지는 니가 더 잘 알면서. 다 니 맘대로고 난 니가 정해 주는 대로 따라가고 있을 뿐인데.'

난 순간 열이 받아서 호기심 가득한 표정으로 우리의 대답을 기다리고 있던 그 여인에게 이렇게 대답을 해 버리고 말았다.

"저희요? 섹스 파트너예요."

내 대답을 조크로 받아들였던지 부부는 폭소가 터졌고 두 남녀
가 박장대소를 하는 동안 그녀의 웃고 있던 얼굴이 미세하게 일그러
지는 것을 나는 보았다.

'왜? 사실을 말했는데 뭐가 잘못됐나?'

잠시 후 다른 곳에 빈자리가 나자 그녀는 근처를 지나던 직원에
게 굳이 자리를 옮겨 줄 것을 부탁했고 우리는 그들과 떨어져 단출
하게 파스타와 카레로 식사를 했다. 먹는 동안 둘 다 거의 말을 하
지 않았다. 식사를 마치자 그녀는 먼저 와 있던 동료 부부를 남겨
놓은 채 나를 데리고 서둘러 그 자리를 빠져나왔다. 태연한 척했지
만 분명 굳은 얼굴. 하지만 난 내가 잘못했다고 생각하지 않았기 때
문에 그녀에게 사과를 하거나 기분을 풀어 줄 마음이 없었다. 나는
말했다.

"어디로 갈까요. 연말인데 호텔에 방이 있으려나."

밥을 먹었으니 이젠 하러 가야 하지 않겠냐는 나의 비아냥에 여
자의 얼굴이 또다시 흔들렸다. '지금 나한테 화난 거니? 상관없어.
난 더 화났으니까.'

잠시 후, 그래도 대꾸가 없던 여자는 내가 차에 오르려 하자 그
제야 약간은 굳은 톤으로 말을 꺼냈다.

"왜 그런 식으로 말했어요?"

"왜요? 사실대로 말한 건데. 우리 만나면 그 짓밖에 안 하잖
아요."

여자가 다시 입을 다문다. 너무 심한 소리를 했나 싶어 순간 후회를 하기도 했지만 이미 뱉은 말, 어쩔 수가 없었다. 그리고 난 진심으로 그렇게 느끼고 있었으니까. 그런 나에게 그녀는 애써 화를 참으려는 듯 아랫입술을 지그시 깨물며 여전히 차분한 어조로 대꾸했다.

"나는 우리가…… 적어도 그 짓만 했다고는 생각하지 않았는데 유감이네요."

유감이라고? 지금 기자 회견하니? 난 이런 순간에조차 흔들림이 없는 여자의 건조한 말투에 어떻게든 그 잘난 이성에 생채기를 내 주고 싶어 더 세게 빈정거렸다.

"그럼 수정하죠 뭐. 섹스 파트너가 아니고 섹스 프렌드. 됐죠? 같이 레스토랑 가서 맛있는 것도 먹고 데이트도 하지만 결코 사귀지는 않는 사이. 야, 죽이네. 난 참 말을 잘 만들어 내. 작가야 작가."

"석원 씨 오늘 정말 왜 그래요?"

기어이, 바라던 대로 여자의 언성이 높아졌지만 오히려 나는 더 흥분하고 말았다. 나는 지금 이 여자의 태도와 말투 때문에 마치 피해자인 내가 도리어 가해자가 되어 버린 듯한 상황이 견딜 수가 없었다. 그래 넌 항상 이런 식이지. 나는 계속 여자를 몰아붙였다.

"근데 선생님, 지금 저한테 화내시는 거예요? 우린 절대로 화내거나 싸우면 안 된다고 선생님이 말씀하셨던 것 같은데. 그건 사귀는 사이에나 하는 거라면서요."

그러자 여자는 더 이상 나와의 대화가 불가능하다고 느꼈는지 죄송하지만 먼저 들어가 보겠다고 말했고, 난 마치 그 말을 기다렸다는 듯 그럼 그러시라 퉁명스럽게 내뱉고는 마침 가게 앞에 서 있던 빈 택시에 오르는데, 그런 나에게 그녀가 건네는 인사가 또 걸작이다.

"그럼 조심히 들어가세요."

야…… 대체 무슨 인사가 저래. 나는 이런 상황에서조차 평온을 잃지 않는 듯한, 아니 잃지 않으려는 듯한 그 모습이 너무 얄밉고 짜증이 나서 아무런 대꾸도 없이 기사를 재촉해 그 자리를 떠나버리고 말았다. 그러면서도 마음 한편으론 이대로 그녀가 나를 다시 찾지 않는 건 아닐까 불안해하는 내가 너무 짜증이 났다.

못난 새끼. 병신 새끼.

화가 났다. 견딜 수 없이 화가 나고 미안하고 보고 싶었다.

집으로 돌아오는 길. 끝까지 자제심을 잃지 않으려던 그녀가 내가 그렇게 자신을 남겨 두고 쌩하니 그 자리를 벗어나는 순간, 잠깐이었지만 나를 원망하듯 쳐다보던 그 눈빛이 생각났다. 그건 마치 '당신 이것밖엔 안 되는 남자였어? 왜 이렇게 남자가 쿨하지 못해?'라고 말하는 것만 같았다. 나는 갑자기 혼자 흥분해서는 마음속으로 곁에 있지도 않은 여자에게 소리쳤다.

'당신은 내가 어떤 사람인지 아무것도 몰라. 이렇게 섹스밖에 안 하는 관계? 나 얼마든지 가능해. 감정 없이 몸만 섞는 일 따위 아무렇지도 않게 할 수 있다구. 근데 그거 알아? 난 너한테 그 이상을 원한다고. 나는 우리가 이렇게 만나는 걸 원하지 않는다고.'

　그날은 우리가 처음으로 만나서 같이 밤을 보내지 않은 날이었다. 이제 그녀가 정해 놓은 철석같은 룰을 어겼으니 어쩌면 다시는 연락이 오지 않을지도 모를 일이었다.

관계를 지속시킬지 말지를 결정하려
서로 간의 깊은 대화를 나눈 후
헤어져 집으로 돌아가는 길에
머릿속을 내내 지배하는 건
다시 잘해 보자는 결론이 아니라
그날 주고받았던
또다시 상처가 되는 말들.

우린 언제까지 이 지겨운 일들을 되풀이해야 할까.

고백

저는요
걷는 것을 좋아하고요
조용한 것을 좋아하고
아름다운 것을 보길 좋아하고
맛있는 것 먹기를 좋아하고
박물관에 가서 오래된 유물 보는 것을 좋아하고
사찰에 가는 것을 좋아하고
처음 갔어도 그리움을 자아내는 곳을 좋아하고
추억이 많은 곳을 다시 찾는 것을 좋아해요.

그래서 교토를 좋아해요.

이런 나의 고백을 듣게 되는 사람은
아마 그래서, 당신과 그곳에 같이 가고 싶다는
뜻으로 해석해도 무방할 테지만

이젠 소용없게 되었는지도 모르죠.

5

현실

    불안정한 관계. 감정의 추가 지금처럼 한쪽으로 일방적으로 기운 상황에서, 그중 약자에 해당하는 사람은 생각이 많아질 수밖엔 없다. 상대가 오늘 일을 어떻게 생각할지, 내 생각을 하기는 할지, 불안 속에 노심초사에 가까운 감정 상태를 경험하게 되는 것이다.

    보이는 것이 전부다. 보이는 대로 판단하라.

    이 간단한 법칙을 실천하지 못해 멀고도 고통스러운 길을 돌아가는 사람들은 불행히도 언제나 더 좋아하는 쪽이다. 그들은 거의 항상 연락을 기다리거나 더 많은 감정을 갈구하기에 갈증과 원망 또

한 그들의 몫이다. 내 마음조차 헤아리지 못하면서 상대의 마음이 어떤지 들여다보기 위해 끊임없이 추측하고 분석하다 혼자서는 감당할 수 없어 친구에게 물어보고 또 물어보는 사람들. 이미 스스로 답을 정해 놓은 상태에서 끝없이 이어지는 질문과 대답들. 상대는 아무 생각이 없는데 나 혼자서 그의 작은 몸짓과 태도, 눈빛 하나에 까지 의미를 부여하고 추측하고 갈등하면서 지지고 볶는 순간들.

무릇, 인생의 많은 실수들이 살아 있는 한 반복될지니.

만난 지 이백 일이 넘었으니 짧은 시간은 아니다. 아무리 상대의 동의를 얻었다 해도, 이런 긴 시간 동안 자신이 원하는 대로만 관계를 가져가려 하는 것이 정당한 일일까. 아무리 생각해도 받아들일 수가 없다. 그날 밤, 그녀를 그렇게 보내고 나서 나는 집으로 돌아오는 내내 생각했다. 나와 그녀와 우리의 관계에 대해. 나는 그녀가 나를 좋아한다는 증거와 내게 무관심하다는 증거를 차례대로 뽑아 어느 게 더 큰지 저울질해 보는 일을 밤새 반복하였고, 그런 끝에 내린 결론은 이랬다.

그녀는 나를 좋아한다. 그러나 설레지는 않는다.

어쩌면 좋을까. 그런데도 나는 이 불리한 게임에서 혼자 너무 빨리 달려 버렸으니.

긴 고민의 결론을 내리는 데 결정적인 역할을 한 것은 다음 날 아침 또다시 출판사로부터 날아온 한 통의 메일이었다. 현실이라는 이름의, 마감 독촉 메일. 이미 시한을 수없이 넘겼을 뿐만 아니라 새 여친(?)을 만나 들뜬 기분에 약속한 마지막 기한조차 넘긴 지 오래. 그런데도 변변히 쓴 게 없을 뿐만 아니라 지난 책이 나온 지도 벌써 일 년이 다 되어 가는데 글 한 줄 읽지 못하는 상태에서 벗어나지도 못하고 있으니. 나는 이러다 정말 큰일이라도 나겠다 싶어 이제는 결단을 내리기로 했다. 책에 관해서? 아니, 그 여자에 대해서.

내 쪽에서 먼저 연락을 하면 안 된다고 했지만 이제 난 그 규칙을 따를 마음이 더는 없다. 그러므로 나는 연락을 할 것이고 우리 사이에 성립된 규칙은 지금 이 순간부터 무효다. 물론 그럼으로써 벌어지는 일 또한 내가 감당해야 하리라. 만약, 어제 그 정도의 갈등으로 끝날 관계라면 차라리 이대로 끝나는 게 낫지 않을까? 다시 말하지만 이 모든 생각과 결정에 불을 지핀 건 현실이었다. 사회적 약속을 지키지 못한 현실, 내가 좋아하는 사람이 내가 원하는 만큼 나를 좋아하고 있지 않다는 현실, 그럼에도 내게 관심 없는 사람 때문에 아무것도 하지 못하고 있는 이 미련하고도 엄중한 현실.
현실.

어렵게 산 옷 두 벌을
오늘 백화점에 가서 환불받았다.
적지 않은 돈을 주고 샀는데
과연 그만한 값어치가 있는지
내게 정말 필요한 것인지
도무지 확신이 들지 않아
며칠을 고민하다 그리하였다.
매장에 들러 환불을 요구하자
한 곳에서는 두말없이 처리를 해 주었고
한 곳에서는 다소 불친절한 반응을 보이긴 했지만
어쨌든 돈을 돌려받을 수 있었다.
그런데
품 안에 있던 물건을 돌려주고 나자
비로소 그 옷이 내게 필요한 것인지 아닌지가
선명해지더라.
한 옷은 그러고 나서 다시 생각이 나지 않았고
한 옷은 내내 눈에 밟혔다.
어떤 게 정말 내가 원하고 필요한 것인지
떠나보내고 나서야 알 수 있었던 것이다.
항상 그렇지만
옷이야 또 가서 사오면 그만이지만
사람은 그럴 수가 없다는 게 문제다.

6

포르쉐

나는 신중을 기해 그녀에게 보낼 문자를 쓴 다음 완전한 문장이 만들어진 것을 몇 번이나 확인하고는 전송 버튼을 눌렀다.

어제 일은 미안했어요. 하지만 앞으로 누가 또 우리가 어떤 사이냐고 물어보면 그땐 선생님이 생각하는 대로 솔직하게 말해 줬으면 좋겠어요.

처음 만났을 때 상대가 그 비싸다는 포르쉐를 몰고 나오는 바람에 난 엉겁결에 내가 타는 차며 집에 대해 거짓말을 해 버렸다. 그러나 그것 때문에 해명을 하거나 곤란해질 일이 없었던 것은, 그녀가 내 집에 가 보고 싶다고 조르기는커녕, 만난 지 반 년이 넘도록 내가 무슨 일을 하는 사람인지조차 알려고 들지 않은 때문이었다. 이 관계가 말이 되는가? 나는 이런 관계를 지속시켜야 하는가? 그래서 나는 선언한 것이다. 이제 나는 네가 시키는 대로만 하지는 않을 거라고.

일종의 선전포고와도 같은 메시지를 보내 놓고선 나는 두려움에 떨었다. 고통을 견디다 못해 내 편에서 먼저 헤어지자고 해 놓고는 더 큰 고통에 시달리던 경험이 악몽처럼 떠올라서. 그런데,

영화 볼래요?

놀랍게도 답장이 왔다. 연락은 자기만 할 수 있다는 규칙에 따라, 가끔 안부 문자를 보내 봐도 여지없이 씹던 사람이었다. 그런데 영화라니. 다른 건 다 해도 그것만은 하지 않던 일 아닌가. 어쩌면 그동안 너무 시킨 대로 순순히 따라 주기만 해서 외려 어필이 안 됐는지도 모른다. 나는 그녀의 문자 한 통에 코마 상태에서 기적적으로 깨어난 중환자처럼 다시 생기를 얻었다. 좀 줏대 없는 태도가 아닌가 싶어 자괴감도 들었지만 이것은 오히려 내 주체성을 내 힘으로 세운 것이고 그러니 지금 난 이 순간을 충분히 기뻐할 자격이 있다고 여기면서.

그날 저녁 상암동 월드컵 경기장. 인생은 반전이고 앞을 예측할 수 없다는 것은 큰 축복이 아닐까. 싸우고 토라져서 집으로 가버린 다음 날 이렇게 이틀을 연속해서 만나고 처음으로 함께 극장에서 영화를 보게 될 줄은 꿈에도 몰랐으니 말이다. 나는 소개팅 후 처음으로 내 낡은 차를 몰고 그녀를 만나러 나갔는데, 이제 더는 나를 숨기지 않기로 결심했기 때문이었다.

약속 장소 근처에서 이만 원을 주고 손세차를 하고는 나름 깔끔해진 차를 몰고 CGV가 있는 월드컵 경기장 안으로 들어섰다. 퇴근 시간이라 그런지 주차장이 만원이었다. 한참을 빈자리를 찾아 헤매다 저쪽 구석에 마침 자리가 하나 있어 겨우 차를 대고 보니 바로 맞은편에 보무도 당당한 하얀색 포르쉐 파나메라가 서 있었다.

'이 행운의 부적 같은 녀석.'

나는 하필이면 내 낡은 똥차를 고백하는 순간에 이런 고급차가 근처에 있다는 사실엔 아랑곳없이, 그저 이놈 때문에 우리가 만나게 된 건지도 모른다는 생각에 녀석이 반갑기만 했다. 약속 시간이 되어 서둘러 건물 안으로 들어가니 어제와 달리 그녀가 활짝 웃으며 나를 반긴다. 뭔가 좋은 조짐일까.

예감은 맞았다.

하나, 둘, 셋, 넷. 우리는 사이좋게 극장 로비에 앉아 안주도

없이 맥주 캔 두 개씩을 빠르게 비우고 나서 함께 영화를 보러 들어
갔다. 한데 상영관 입구에서 직원들에게 표를 보여 준 후 안으로 들
어갈 때 그녀가 내 두꺼운 패딩의 소매 끝을 두 손가락으로 살짝 잡
는 게 아닌가. 세상에, 나는 이게 꿈인가 싶어 뒤를 돌아보니 다른
사람들이 여럿 따라오고 있었다. 그러니까, 남들이 보는 앞에서 우
리의 신체가 (비록 두꺼운 옷들이 겹겹이 그 사이에 놓여 있긴 했지
만) 맞닿은 것은 그때가 처음이었던 것이다.

오, 하느님. 사랑하는 사람의 손을 잡는 것보다 더 굉장한 일
이 세상에 또 있을까요?

그날 우린 극장에 앉아 있었으되 영화는 거의 볼 수 없었다. 영
화가 흐르는 내내 마치 십 년 만에 재회한 연인인 양 기쁨에 취해
서로의 손가락 마디 하나하나를 더듬고 만지고 새기며 사랑을 확인
하고 또 확인하느라. 단지 손을 잡고 있을 뿐인데 우리가 침대 위에
서 보낸 어떤 시간보다도 강한 전류가 서로의 몸을 휘감던 그 순간
을 어떤 말로 설명할 수 있을까. 이게 끝이 아니다. 도무지 어떤 내
용인지도 모를 영화가 끝나고, 다시 아까 들어왔던 건물 복도를 통
해 극장을 빠져나가는데 글쎄 이번에는 그녀가 슬그머니 내게 팔짱
을 끼는 것이었다. 오, 부처님, 교황님…… 그간 남들 다 하는 팔짱
을 끼고 싶어 그렇게나 안달을 했었건만. 나는 내 왼팔에 구부러진

자신의 오른팔을 깊숙이 밀어 넣은 채 나와 함께 걷고 있는 여자를
보며 다짐했다. 오늘이야말로 내가 뭘 하는 사람인지 말하겠다고.
사실 난 보잘 것 없지만 글을 쓰고 노래도 하는 사람인데 이런 내가
괜찮다면 우리 진짜로 한번 시작해 보지 않겠냐고.

"포르쉐네요."

극장 밖으로 나온 나는 십 년 만에 처음 웃어 보는 사람처럼 더
없이 밝은 목소리로, 내 거지 같은 차 앞에 세워져 있는 번쩍번쩍
빛나는 하얀색 포르쉐를 가리키며 말했다. 저 녀석이 바로 우리의
중매쟁이가 아니겠냐는 듯.

"생각나세요? 선생님 저거 처음 몰고 오신 날에 실은 저 선생님
한테 거짓말을 하나 한 게 있거든요. 그게 뭐냐면……."

나는 이제 그녀에게 내 모든 것을 털어놓으리라. 내 이 작고 초
라한 차도, 내가 하는 일도. 그런 다음엔 오늘 저녁, 좋은 일이 생
기면 늘 찾는 남산으로 함께 가서 하얏트 호텔 테라스의 가장 좋은
자리에 앉아 저녁을 먹어야지. 비싼 와인으로 우리의 진정한 첫날
을 축하하고, 식사를 마친 다음엔 로비의 라운지로 자리를 옮겨 함
께 내가 좋아하는 필리핀 가수들의 기똥찬 옛 팝송들도 감상할 테
다. 나는 오늘의 이 모든 순간들이 완벽했고 앞으로도 그럴 거라는
생각에 가슴이 벅차올랐다. 그래. 정말 이젠 모든 것이 다 잘 풀릴
것만 같아. 이제 더는 숨길 것이 없으니 이제야말로 내가 처한 고

민, 정말로 네게 묻고 싶었던 것, 글쓰기와 찾아지지 않는 내 일과 꿈과 우리의 인생에 대해 함께 고민할 수만 있다면, 나는 뭐든 할 수 있을 거야. 그렇게, 이제야 인생을 나눌 진정한 동반자를 찾았다는 생각에 가슴 벅차 하고 있던 바로 그때, 어느새 내 차 조수석에 오른 여자에게서 어쩐지 다급한 목소리가 들려왔다.

"석원 씨, 우리 빨리 가요."

마치 공포에 질린 듯한 여자의 떨리는 음성이 어쩐지 섬뜩해 돌아보니 정면을 주시하고 있는 그녀의 얼굴이 어두운 차 안에서도 느껴질 만큼 하얗게 질려 있었다.

"선생님 왜 그러세요? 차가 맘에 안 드셔서 그러세요?"

난 그때까지도 그녀가 무엇을 보고 그렇게 겁을 집어먹었는지 알지 못했다. 그러나 여자는 왜 그러는지 내게 이유는 말해 주지 않은 채 그저 이 부딪히는 소리가 딱 딱 하고 날 정도로 턱을 덜덜 떨면서 내게 사정할 뿐이었다.

"빨리 가요. 제발…… 부탁이에요."

……이제 와 돌이켜보면, 그때 그녀가 부탁하는 즉시 난 그곳을 벗어나야 했었다. 난 일단 왜 그러는지 듣고 직접 그녀를 도우려는 심산이었지만 결국 모든 게 내 잘못이 되고 말았다.

나는 어쩔 수 없는 관계의 열등생.

늘 틀리면서도 매번 같은 답을 적는다.

7

공포

69다 3917. 우리 앞에 서 있던 포르쉐는 그녀가 이혼 전에 몰던 바로 그 차였다. 나는 딱 한 번밖에 보지 못했던 그 차의 번호를 알지 못했고, 알았더라도 남의 차 번호 같은 걸 눈여겨 볼 이유는 없었으므로 이런 사태를 짐작조차 할 수 없었다. 비싼 차라곤 하지만 최근 들어 도로에서 제법 볼 수 있었기에 별로 대수롭지 않게 여겼던 것이기도 했다. 그런 나와 달리 한눈에 자신이 몰던 차임을 알아본 그녀는 순간 경악할 수밖에 없었는데, 그 차가 거기 있다는 것은 차의 원래 주인, 다시 말해 자신의 전남편이 바로 이곳에 와 있다는 것을 뜻하기 때문이었다.

삼 년, 삼 년이었다. 그 긴 세월 동안 이어진 지리하고도 도무지 끝이 보이지 않던 소송 끝에, 이제야 겨우 이혼이라는 법적 절차를 완료한 참이었다. 허나 법은 그녀에게 자유를 주었으되 마음까지 편하게 해 주진 못해서, 여전히 그 끔찍한 기억으로부터 좀체 벗어나지 못하고 있던 터였다. 그런 여자였기에, 자신에게 입에 담지 못할 폭언을 일삼고, 그것으로도 모자라 시어머니까지 동원해 자신의 아이마저 빼어 가 버린 그 악마 같은 남자와 다시 마주치는 일은 꿈에서조차 상상해 본 일이 없었을 터. 결국 내가 궁금해 하던 그녀의 그 경련에 가까운 떨림은 다름 아닌 공포와 경악 때문이었던 것이다.

여자는 그래서 서둘러 내게 그 자리를 벗어날 것을 부탁했건만 나는 이유를 묻느라 시간을 지체했고, 기어이 놈은 자신의 전 부인을 발견하고 말았으니.

"재미 좋네."

그 어리고, 한눈에 봐도 부잣집에서 버릇없이 자란 티가 풀풀 나는 애송이가 우리에게로 다가올 때, 난 녀석의 인상만으로도 이미 기분이 나빠져 있었다. 나이는 삼십 대 중반쯤. 나보다 어렸고, 젊었으며, 체격은 호리호리했고, 웃음이 야비한 놈이었다. 그놈에게선 세상 그 어떤 것에도 굴복해 보지 않은 놈들 특유의 분위기가 풍겼다. 그 뺀질거리며 잘난 척하는 녀석이 급기야 내 차 앞으로 걸어와서는 나 같은 건 투명인간 취급하며 자신의 전 와이프에게 저주에 가까운 말들을 뱉어 내는 순간, 나는 아무 생각도 할 수 없었다. 여자 친구가 그런 일을 당하고 있는 모습을 보고서 가만있을 남자가 있으랴. 놈은 이혼을 했으나 아직도 전 부인을 자신의 소유인 것으로 착각하는 흔한 병신이었다. 저녁 피크타임에 혼자 극장을 찾은 걸 보면 놈이 여자를 스토킹 한 건지, 아님 우연히 마주친 건지는 알 수 없었지만 분명한 건 그녀가 엄청난 타격을 입을 거란 사실이었다.

　놈은 곧장 그녀가 앉아 있는 조수석 쪽 문 앞으로 가더니 내 낡은 차의 타이어를 발로 툭툭 차며 말했다. 넌 이러려고 애도 버리고 그렇게 기를 쓰고 이혼을 하려 한 거라고. 너는 남자 없인 하루도 못 사는 어쩔 수 없는 걸레 같은 인간이라고. 그 순간, 난 더는 듣고 있을 수가 없어 차에서 내림과 동시에 놈에게 날아가 그 더럽고 천박한 죽탱이에 오른 주먹을 날렸다. 사실 완전히 눈이 뒤집혔기 때문에 주먹이 먼저 나갔는지 그 전에 어떤 실랑이가 있었는지는 기억이 나지 않는다. 그저 놈과 내가 엉켜 눈 덮인 아스팔트 바닥에 함께 나뒹굴던 기억이 드문드문 날 뿐.

"당신같이 똑똑한 사람이 왜, 어쩌서 그런 걸 견디고 살았는지 이해가 가지 않아요."

"원래 그런 거예요. 사람은 학대를 받으면 바보가 되거든요."

8

이유

　철없을 적 친구들과 몰려다니던 시절 이후로, 누군가와 주먹다
짐까지 가 본 게 얼마 만인지 기억조차 나지 않는다. 정신을 차려
보니 경찰서 형사과였고 오랫동안 쓰지 않던 주먹과 근육을 쓴 대가
로 내 온몸은 만신창이가 되어 있었다. 나와 뒹구느라 콘크리트 바
닥에 얼굴이 갈린 녀석의 뺨은 사포로 문지른 듯 흠집이 나 있었고
나 또한 오른쪽 주먹이 뼈라도 부러졌는지 퉁퉁 부어 있었다. 놈의
집안에선 벌써 변호사가 와서 형사와 뭐라 뭐라 밀담을 나누는 눈치
였는데, 그러거나 말거나 난 자신 있게 형사 앞에서 내가 왜 주먹을
날릴 수밖에 없었는지, 내가 얼마나 정당한지를 설명하려 애썼다.
들으려고 하질 않아서 문제였지만. 형사는 말했다. 이유 여하를 막

론하고 내가 먼저 주먹을 날렸고, 더 많이 때렸고, 심지어 무기까지 들려 했으며(이 부분은 나의 강력한 항의로 인정되지 않았다), 협박까지 했기 때문에 나에게 책임이 있다고.

"아니 형사님, 눈앞에서 여자 친구가 폭언을 듣고 희롱당하고 있는데 어떤 남자가 그걸 보고만 있습니까? 형사님이라면 가만히 있겠어요?"

내가 아무리 흥분해서 얘기를 해도 형사는 앵무새처럼 같은 말을 반복할 뿐이었다.

"아, 몇 번을 말합니까. 이유가 어찌 됐든 남의 몸에 손을 대면 일단 잘못이에요. 엿 같아도 법이란 게 그렇다구요. 자, 다시 물을 게요. 이석원 씨가 김찬영 씨한테 먼저 주먹을 날리고 폭언을 하고 살해 협박을 한 게 맞습니까?"

세상에, 싸우다 죽여 버리겠다고 한 게 살해 협박이라니. 이대로 계속 저 말 안 통하는 형사와 씨름을 하고 있다간 스트레스로 내가 먼저 죽어 버릴 것 같아 나도 아는 변호사에게 전화를 해 봤지만 팔자 좋게 가족들과 제주도에 놀러 가 있다는 답변뿐. 연말에다 금요일인 그날 밤엔 도무지 도움 청할 곳 하나 없었다.

그런데 선생님은 어디에 있을까. 예비 범죄자들이 득실거리는 그 아수라 지옥 같은 곳에서 홀로 경황없고 우울한 처지에 놓여 있던 나는 그제야 선생님 생각이 났다. 저 정도였다니. 너의 인생을 건 선택의 결과가 고작 저것이었다니. 난 전남편이란 놈이 구사하는 어휘의 수준과 말투를 떠올리며 그녀가 왜 그런 놈과 결혼을 했는지 이해할 수가 없었다. 불과 말 몇 마디에 살아온 이력과 지적 수준과 인품이 대번에 드러나는 인간들. 학벌, 집안 아무리 좋아도 어쩔 수 없이 천박하고 무식하기 짝이 없는 부류들. 그렇게 그녀 때문에 분해 하고 딱해 하고 있는데 이건 또 무슨 일일까. 한참 형사와 실랑이를 하고 있는데 옆자리의 형사가 그녀를 만나고 왔는지 거든답시고 하는 소리가 "뭐가 여자 친구야 이 양반아. 그 여자분은 당신하고 그냥 아는 사이라던데 왜 남의 부부 사이 일에 쓸데없이 끼어들어서 일을 만들고 그래요?"라고 하는 게 아닌가.

"그냥 아는 사이라고요?"

그때부터 난 머릿속이 하얗게 되고 말았다. 처음엔 그럴 리가 없다고 생각했지만, 나중엔 어떤 사이고 뭐고를 떠나서 자기 때문에, 자길 보호하려다 경찰서까지 와서 이러고 있는데 이런 순간에까지 그렇게밖에 말을 못한다는 게 도무지 믿어지지가 않았다.

"보아하니 이혼녀라고 쉽게 보고 달려든 모양인데, 사람을 좀 봐 가면서 쫓아 댕겨야지. 아 우리나라 남자들 이혼하고 얼마 동안은 그래도 자기 여자라는 인식이 강하고 그 기간에 다시 합치는 커플도 많은데 그걸 못 참고 꼭 지금 이렇게 남의 사이에 끼어들어서

이 사달을 내야 돼요?"

"정말로 그분이 그렇게 말했습니까? 우리가 아무 사이 아니라고?"

"아 그렇다니까. 저분은 아무 사이 아니라는데 당신 혼자 애인 사이야 지금."

모르겠다. 나는 담당 형사가 멋대로 작성한 진술서에 지장을 찍을 수 없다고 버텼고 그 자식도 접근 금지 명령을 어긴 데다 여성에게 폭언을 한 것이 인정돼 서로 일이 복잡해지기 전에 합의를 보자길래 녀석의 변호사로부터 명함을 건네받고는 일단 조사실을 나왔다. 허탈한 심정으로 주차장으로 걸어가고 있자니 경찰서 정문 바로 앞 인도에서 그녀가 얇은 코트 바람으로 초조히 서성이고 있었다. 밖에서 저러고 있는 걸 보면 내가 아니라 누구 다른 사람을 기다리는 것 같았다. 나는 여자에게로 다가가서 말했다. 괜찮으시냐고. 어디 다친 덴 없으시냐고. 그러나 그녀는 정작 엉망진창이 된 내 꼴을 보면서도 걱정하는 말 한마디 없이 마치 다른 급한 볼일이라도 있는 사람처럼 냉랭하게 말했다.

"우리 이제 연락하지 말아요. 미안해요."

그러면서 나를 더 쳐다보지 않으려는 듯 뒤돌아서서는 마치 남남인 양 외면을 한다.

"아니, 잠깐만요."

"내가 늦게 출발해서 그래요? 어차피 나가는 차들이 많아서 어쩔 수가 없었는데……." 나는 깨진 주먹보다 그녀의 그런 태도에 더 마음이 무너져 내리는 것만 같았다. 불과 두 시간 전까지 꿈처럼 살갑게 내 품을 파고들던 여자였다. 이제야말로 밖에서도 손을 잡고 팔짱까지 끼며 오늘이 우리의 첫날이라고 행동으로 보여 주던 사람이 아니었던가. 잠시 후, 경찰서 정문 앞으로 구형 은색 제네시스 한 대가 스르르 미끄러져 들어왔다. 운전석에 앉아 있는 사람을 보니 어제 만난 피부과 의사였다. 나는 그녀가 그 차를 타고 그대로 가 버리려고 하기에 다급히 말했다. 도대체 왜 이러는지 이유라도 말해 달라고. 내가 당신 좋아하는 거 알면서 이렇게 또 아무 말도 없이 가 버리는 건 아니지 않냐고. 내 말에 그녀는 잠시 생각하는 듯하더니 허리를 숙여 차에 있는 동료에게 몇 마디를 건넸고, 우리는 바로 근처 빌딩 로비에 있는 커피숍으로 자리를 옮겨 마주 앉았다. 밝은 조명 아래서 본 여자의 얼굴은 그새 몹시도 수척해지고 지친 기색이었다.

오직
내가 사랑하는 사람만이 내게 '안녕'을 고할 수 있는
이 오묘한 삶의 아이러니.

그녀는 말했다.

사실 자긴 이혼을 하고 친구도 가족도 없이 완전히 외톨이가 되었을 때 우연하게 만나게 된 사람이 나 하나뿐이었다고. 그렇지만 다시 남자를 만난다는 게 너무 두려워 한참을 망설이다 겨우 연락을 해서 조심스레 나를 만난 것이었단다. 남자는 결코 믿어서는 안 되는 사람들이니 절대로 마음 주지 않고 이용만 하리라 다짐하면서. 그런데도 나에 대한 마음이 커지면서 처음 했던 결심이 흔들려 자기도 혼란스럽고 힘들었지만 그래도 마지막 빗장까진 풀지 못해 망설이다가, 어제 일로 내가 상처받는 걸 보고 이젠 용기를 내야 할 것 같다는 생각에 오늘 나를 만난 것이라고 했다.

"그런데 왜요. 그럼 이제 만나면 되잖아요."

나는 타들어 가는 속을 감추지 못하며 안타까워했지만 여자는 대꾸가 없었다. 나는 다시 물었다.

"혹시 내가 시간 끌어서 그런 거예요? 그건 내가…… 선생님을 보호하려고 했기 때문에……."

"아니, 아니, 그것 때문이 아니에요."

그녀는 강하게 고개를 저으며 내 말을 끊었다.

"그럼 왜 그러는 건데요. 왜 이제 안 만나겠다는 건데요."

내가 다그치자 그녀는 갑자기 눈물을 흘리기 시작했다. 자기도 이젠 내가 좋아져서 마음이 아프지만, 오늘 도저히 나를 만날 수 없는 이유가 생겨서 자기도 어쩔 수가 없다면서.

"도대체 그 이유가 뭔데요."

나는 그 '도저히'라는 말이 너무도 불길해 그 이유란 게 뭔지를 계속 캐물었지만 여자는 말없이 한참을 눈물만 흘렸다.

버림을 받으면
없던 감정도 생기는 것이
사람의 마음이라.
하물며
그토록 좋아하던 사람임에야
더 말할 것이 무에 있으리오.

당신을 만날 때마다 나는
당신이 내게
거스름돈을 주려
주머니 속에 넣은 손을
만지작거리는 것만 같은
느낌에 늘 외로웠다.
내가 얼마를 주었든
그것은 대가 없이
온전히 당신의 것이 되길
바래 그리했던 것인데
당신은
딱 이만큼만 받겠노라
선을 그어 놓고
거기서
조금이라도 오버되면
그건 모두 돌려주겠다고
마음먹은 것 같아
쓸쓸했던 것이다.
그러던 어느 날
당신이 내게 주려 했던 것이
그것이 아니었음을 알았을 때…….

9

고백

느지막한 시간이라 손님이 거의 없던 커피숍엔 때늦은 크리스마스트리만이 반짝이고 있었다.

"혹시…… 제가 물리력을 행사해서 그러신 건가요."

물으면서, 나는 거의 그것일 확률이 높다고 생각했다. 폭력을 일삼던 남편으로부터 오랜 세월 시달리다 이제 막 벗어난 희생자. 폭력은 트라우마가 됐을 것이고 아무리 자길 위해 발휘된 것이라 해도 결코 용납할 수 없었겠지. 그러나 여자는 말했다.

"아니요."

짧고 단호한 어조였다. 마치, 가끔 내가 필요할 때면 보내는 문자처럼. 그래서 나는 또 물었다.

"그럼…… 잘 기억은 안 나는데 제가 흥분하면 입이 좀 거칠어지거든요. 그러니까…….

형사 앞에서도 당당하던 나는 내게 이별을 선언한 사람 앞에서는 죄인처럼 쩔쩔매며 해명조의 어조로 겨우겨우 말을 잇는다.

"그게…… 사실은 좀 거칠어지는 정도가 아니라…… 어, 그러니까 제가 원래 욕을 잘해요. 그치만 이번엔 특수한 경우였고…… 많이 놀라셨을 건 아는데…… 사실 제가 그랬는지도 잘 기억이 안 나지만…… 만약 그것 때문이라면 사과드릴게요. 그리고 앞으로는 절대…….

"그게 아니라…….

여자는 이번에도 아니라고 했다. 폭력도 욕도 아니면 도대체 뭐란 말인가. 내가 도무지 모르겠다는 표정을 지어 보이자 그녀는 자기 입으로 그것을 입 밖에 내기도, 그러기 위해 그것을 다시 생각하기조차 괴롭다는 듯 얼굴을 찌푸렸다.

"기억이 안 난다는 거요."

"네? 기억이요?"

그녀는 이제 내 해명이 모두 끝났다고 생각했는지 비로소 자신의 이야기를 털어놓기 시작했다.

"폭력을 쓰신 것도 욕을 하신 것도 놀라기도 했고 당연히 좋아하지 않는 것들이지만…… 사람이 부처님처럼 어떠한 상황에서도 해서는 안 될 일이라고 생각하진 않아요. 저를 보호하고 싶으셨을 테고 화도 나셨을 테고 그걸 이해 못하는 건 아니에요. 그렇지만 그 것들이…… 석원 씨의 이성적인 통제하에 나온 게 아니라 본인도 기 억 못할 만큼 순간적으로 나왔다는 게 저는…… ."

나는 그제야 그분이 뭘 말하는지 알았다. 그리고 희미하게, 그 녀가 처음 만난 날 남편의 이야기를 하면서 남편의 그 '욱'하는 성질 때문에 자기가 얼마나 힘들었는지를 말하던 기억이 났다.

"이제 하실 말씀들 알아요. 석원 씨는 욱한 게 아니라 그럴 만 한 상황이었다 하실 테고, 그마저도 앞으로는 절대로 안 그럴 거 다, 이번 한 번뿐이라고 하시겠지만…… ."

그녀의 말은 정확했다. 나는 바로 그렇게 말해서, 어떻게든 지 금 우리가 헤어지는 것만은 모면하려던 참이었다. 그러나 그녀는 나 같은 사람을 잘 알고 있었다.

"남편도 그랬어요. 물론, 석원 씨와 남편을 동일시하는 것에 대해서는 죄송하게 생각해요. 그렇지만, 결혼 전에 남편은 석원 씨 처럼, 아니, 그보다 더 저를 조심스럽게 대해 주고 존중해 주던 사 람이었어요. 연애를 하는 동안은 단 한 번도 폭력적이거나 감정적 인 모습을 보인 적이 없었어요. 그런데 결혼을 하자마자 어느 날 아 버님께 조금 심하게 혼이 나고 집에 오더니 사람이 완전히 눈이 뒤 집혀서는…… ."

그녀는 도저히 말을 더 이을 수가 없었던지 그때까지 한 모금도 마시지 않던 커피를 거푸 들이켜기 시작했다.

"그렇게 집 안을 쑥대밭으로 만든 다음부터 전혀 다른 사람이 되어서는 제게 습관적으로 욕을 하고 폭력적인 언동을 하기 시작했어요. 그리고 나서 정신을 차린 다음엔 다시 평소의 모습으로 돌아와 자기가 한 일을 잘 기억도 못하고 원래 자긴 이런 사람이 아니니 다시는 이런 일이 없을 거라고……. 그러면서 그게 수없이 반복되고……."

나는 힘들어 하는 여자에게 이제 그만하셔도 된다고 말했다. 내가 답답하니 왜 그러는지 이유나 좀 알자고, 나 이대로는 너 못 보내겠다고 보채는 바람에 지금 이 여자는 이렇게 자신의 다시 떠올리기조차 괴로운 얘길 하고 있다. 이제 그쯤이면 되었다. 나는 충분히 알아들었고, 이제 이 사람을 놔 주어서 더는 괴롭히지 말아야 한다.

뒤뒤이

누군가 나로 인해 상처받았을 때
내가 왜 그럴 수밖에 없었는지를 먼저 생각하는 사람과
이유 여하를 막론하고 그의 상처에 집중하는 사람 중
나는 어느 쪽일까.
어느 쪽이어야만 할까.

기억나니.
사람들하고 대화할 때, 함께 있는 사람들에게 골고루 시선을 주는
것이 얼마나 중요한지를 내게 알려 준 것도 너였지.

너는 그렇게 사려 깊은 사람이었는데
그런 너가 세상으로부터 받은 배려는
너무도 적었구나.

10

고백 2

　만약, 내가 다섯 살만 더 어렸더라도 나는 여자가 아무리 괴로
움을 호소한들 어떻게든 설득을 했을 것이다. 나를 믿어 보라고.
나는 다르다고. 과연 그럴까. 솔직히 나는 내가 욱하지 않을 수 있
는 사람인지 스스로도 확신할 수가 없다. 그건 내 지나온 세월을 돌
이켜보면 알 수 있는 일. 나는 일을 할 때 방해를 받으면 거의 이성
을 잃는다. 그래서 후회를 하던 순간이 얼마나 많았던가. 물론, 주
위 사람들에게 좀 과하게 신경질 부리는 정도를 가지고 내가 그 남
편과 똑같은 놈이라고 생각하는 건 아니다. 그렇지만 이 사람은 지
금 상처투성이인 상태이고 아주 작은 자극만 받아도 또다시 오늘처
럼 고통을 받을 터. 그런데도 나는 이 여자를 잡아야 할까? 그렇다

면 그건 순전히 나만을 위한 선택일 것이고, 그런 미성숙하고 이기적인 짓을 나는 불과 지금보다 다섯 살 어린 서른일곱만 되어도 했을 거란 얘기다. 나는 그렇게 철이 없고 늦자란 놈이었으니까. 그때의 나는 그 나이에도 여전히 상대보다 내가 더 중요한 사람이었으니까.

"미안해요. 우리는…… 내가 좀 더 내 상처에서 벗어나고 그래서 좀 더 석원 씨를 포용할 수 있을 때 만났어야 했는데……. 난 원래 당신의 오늘 이런 행동들…… 좀 과했으니 다음엔 그러지 말라고 털털하게 받아들일 수 있는 사람이었는데……. 정말 난 그런 튼튼한 사람이었는데 이젠 요만큼의 인내심도 찾아볼 수 없이 그저 두려움만 가득한 사람이 됐나 봐요."

그녀는 내가 이제 그만하셔도 된다고 아무리 말을 해도 마치 다른 건 들리지 않는 사람처럼 계속 말했다. 어쩜 이 사람은 지금 내가 아니라 자신을 향해 이야기를 하고 있는 건지도 몰랐다.

"알아요, 석원 씨 마음. 내가 그런 일을 당한 것에 그렇게 흥분하는 마음. 이해할 수 있고 고맙기까지 하지만……. 그렇지만 저는 두 사람이 서로 완전히 눈이 뒤집혀서는 죽일 듯이 싸움을 벌였을 때…… 그런 상황에서 이성적으로 해결하려는 노력 없이 무작정 달려드는 석원 씨의 모습에서 남편의 그걸 봤어요. 그리고 전 그게 절대로 안 잊힐 것 같아요."

여자는 더 말을 잇지 못하고 두 손으로 얼굴을 감쌌다.

"힘들어요. 너무…… 극복하려 했지만 도저히…… ."

"이제 그만. 알겠어요. 제가…… ."

난 그런 그녀를 더는 보고 있을 수가 없어 그녀를 일으켜 세워 부축을 한 상태로 커피숍을 빠져나왔다. 그러곤 출구를 향해 로비를 걸어가는데 회전문에 다다르기 직전, 그녀는 잠깐만요, 하며 멈춰서더니 백에서 손수건을 꺼내 눈물을 닦고는 내 눈을 똑바로 보며 이렇게 말했다.

"여기서부턴 저 혼자 갈게요."

아, 네. 그래요. 여기서부턴 당신 혼자, 아니, 이제 우리 두 사람 각자 혼자서.

나는 알겠다고 말하며, 부축을 하느라 마지막으로 그녀의 두 어깨를 감싸 안았던 손을 놓았다. 여자는 여전히, 마치 자신 외의 다른 존재는 인식하지 못하는 사람처럼 다시 멍한 눈빛이 되더니 끝인사도 변변히 주지 않은 채 그대로 건물 밖으로 빠져나가서는 곧바로 기다리고 있던 차를 타고 가 버렸다.

어렵게 얻은 마음의 평화가 얼마나 소중한 것인지 알기에
너를 헝클어 놨다는 것이 너무 미안했다.
누구도 아프게 하지 않고 살아가리라 결심했지만
상처란 건
받는 것도 주는 것도 내 의지로 되는 것은 아니더라.

11

환영

내 몸과 마음이 받아들일 틈도 없이 순식간에 밀어닥친 이별이
었다. 나는 일단 도로 커피숍으로 가서 우리가 사용한 커피 잔을 계
산대에 가져다준 후 화장실에 들러 찬물로 손과 얼굴을 씻은 다음
로비를 천천히 걸어 건물을 빠져나왔다. 방금 전까지 그녀가 서 있
던 거리에는 이제 아무것도, 아무것도 없었다.

돌이켜보면 우린 연인이라는 선언만 하지 않았을 뿐, 연인들이
할 수 있는 모든 것들을 함께했었다. 오직 하나, 내가 뭘 하는 사람
인지 얘기하는 것만 빼면. 그런데도 난 왜 그리 조급해 했으며 왜
그렇게 그 사람을 원망했던가.

'선생님, 저는 글을 쓰고요, 가끔 노래도 하는 사람입니다. 그냥 그렇다고요. 제가 이런 사람이라고 선생님에게 말해 주고 싶었는데.'

건물 앞에 서서 나는 생각했다. 어떤 일이든 정말로 이것이 내 일이다, 확신이 드는 일이 생겼을 때, 그때 비로소 나는 너에게 자랑스럽게 말하고 싶었었다. 내가 뭐 하는 사람인지를. 그래서 미루고 미뤘는데.

그렇게, 나는 이미 떠나 버린 그녀의 뒷모습을 환영처럼 그리며 혼잣말을 하고 있었다. 그런데 건물을 빠져나와 내 차를 가지러 경찰서 쪽으로 가는데 그녀가 차에 탔던 자리에 뭔가가 떨어져 있었다. 설마 하며 다가가 보니 스마트폰이었다. 반짝거리는 스팽글 케이스가 항상 눈부시던 하얀색 아이폰. 선생님의 것이었다. 이걸 어쩌지. 나는 이걸 가지러 차가 돌아오지는 않을까 십 분 이상 그 자리에 서서 기다려 봤지만 소용이 없었다. 방금 헤어졌는데 또 집에 가서 얼굴 보고 전해 줄 수도 없고……. 난 갑자기 초조해졌다. 난 원래 여자 친구의 휴대폰을 절대로 보지 않기 때문에 혹 내 차에 두고 내리기라도 하는 날엔 가능한 빨리 그걸 갖다 줄 생각에 안달이 난다. 왜냐하면 내가 자기 폰을 봤다고 생각하는 자체가 싫기 때문이다. 나는 사랑하는 사람의 사생활과 머릿속 생각을 알게 되는 일이 얼마나 위험한 것인지 잘 알기에 결코 그러고 싶지 않았고, 그런

277

행위를 했다는 오해를 사기조차 싫었다. 그래서 난 이 갑작스런 상황에 도무지 어쩔 줄을 몰라 한 채 그 자리에 계속 서 있어야 했다.

의미

예를 들어
고양이를 기르는 애인의 집에 갔다가
옷에 묻혀 온 털을 자신의 집과 차 등지에서 발견했을 때
그것은 단순히 연인이 기르는 동물의 부속물이
내 사적인 공간으로 이동했음을 뜻할 뿐만 아니라
어떤 형태로든 서로의 삶과 생활이 겹쳐지고 있음을 상징한다.

하여
어느 날 누군가를 만나게 되어
그의 지극히 개인적인 물건이
내 집 내 방 안에 덩그러니 놓여 있는 모습을 볼 때면
(가령 그가 집에 가방을 두고 갔다든가)
새삼스레 낯선 느낌과 함께
묘한 애틋함이 들기도 하는데
그것은 당연하게도
누군가에게 애착을 갖게 되면
그가 쓰는 물건까지도
남다른 의미를 주기 때문이다.

이렇듯
나 아닌 다른 존재에게 평범 이상의 각별한 마음을 갖게 된다는 건
평소 무심하고 무의미했던 수많은 것들이
비로소 의미를 갖게 되는 ─ 아주 작고 사소한 것들조차 ─
특별한 일이라고 할 수 있다.

그것이 유한하기에, 드문 일이기에 더더욱.

12

피부과 의사

　그런데도 내가 그녀의 휴대폰을 보게 된 건 순전히 선생님을 태우고 간 그 날라리 피부과 의사 때문이었다. 그 여자는 참으로 희한한 게, 보통 같이 있는 사람이 휴대폰을 잃어버리면 자기 전화로 습득한 사람에게 전화를 걸지 않는가. 나 휴대폰 주인인데 거기 어딥니까, 해서 만나 전화기 건네받고 혹 사례를 요구하면 합당한 선에서 하고. 그런데 이 여자는 굳이 문자를 보내는 것이었다.

　핸드폰 주우신 분? ㅋㅋ 연락 바래요.

　그 순간, 어떻게 조금이라도 빨리 전화기를 주인에게 갖다 줄까 그 생각만 하며 경찰서 앞 길거리에서 오들오들 떨며 서 있던 난 당황하고 말았다. 왜 문자를 보내지? ㅋㅋ는 또 뭐야? 아무튼, 그 렇게 해서 난 얼결에 나도 문자로 답장을 하려다 메시지들이 줄줄이 떠 있는 그녀의 핸드폰 화면을 보고 말았다. 거기엔 그 피부과 의사 와 선생님이 주고받은 것들이 맨 위쪽에 있었는데 바로 어제 27일 저녁, 내가 그녀와 함께 이 여자 부부와 저녁을 먹다 삐져서 변변한 인사도 없이 집으로 가 버린 바로 그 시간, 그녀의 핸드폰엔 친구로 부터 이런 문자가 와 있었던 것이다.

김선생 생일 축하해. 생각만큼 나이 들어 보이진 않던데? ㅋ
오늘 밤도 하얗게 불태우길 ♡

뭐라고 말을 해야 할까. 그러니까 어제 저녁 추리닝 바지에 얇 은 코트 바람으로 나와서는 서점에서 우동이나 먹자는 둥, 이런 분 위기 있는 데는 가고 싶지 않다는 둥 알 수 없는 까탈을 부리던 여 자는, 자기 친구 앞에서 우리가 무슨 사이지? 하고 웃으며 날 희롱 하듯 해 사람을 화나게 했던 여자는, 무심하게도 크리스마스에 연 락 한 통 없어 나를 서운하게 했던 그 얄미운 여자는, 그 덕에 12월 그 추운 밤에 거리에서 남자로부터 우리가 그 짓밖에 한 게 더 있냐 는 지독한 말을 들어야 했던 여자는, 나와 함께 있던 어제가 바로 생일이었고, 내가 그토록 바라던 대로, 내가 자신에게 특별한 사람임을 이미 친구에게 알리고 있었던 것이다. 아아, 그것도 모르고 난, 난……. 그때부터 나는 통제 불가능한 상태가 되어 여자의 휴대폰을 뒤졌고, 서로 절대로 연락하지 말 것을 당부하고 또 당부하던 그녀가 정작 자신은 지난 몇 달간 자신의 친구에게 나에 관한 수많은 문자를 보냈다는 사실을 알게 되었다. 그건 내게 무척 놀라운 일이었는데 일기 같기도 하고 혼잣말 같기도 한 그것들은 실은 모두 나에게 보내는 말들이기 때문이었다.

허선생. 나 그 사람 보고 싶어.
우리 잘할 수 있을까.

이와 같은 물음들은 너무도 여러 번 되풀이되고 있었다. 그리고 또, 또 놀라웠던 것.

그 사람 공연이라 말 못해 ㅋ 특이하지?
말을 못하는데 어떻게 노래를 할까.

그녀는 아마도 나와 만나던 중간에 어떤 연유에선지 나에 대해 알아 버린 모양이었다. 그녀는 내가 『보통의 존재』라는 책을 쓴 것도 진즉 알고 있어서, 상실과 관계의 종말에 대해 피력한 부분에 대해서는 유독 크게 공감을 표하기도 했다. 상처가 많은 사람들이 주로 보이는 반응이었다. 그녀는 이렇게 내가 생각날 때마다 내가 아닌 친구에게 문자를 보냈던 모양이다. 그중에는 심지어 나와 있는 동안에 내게 하고 싶은 말을 그 피부과 의사에게 보낸 것들도 많아서, 나는 그제야 그녀가 나랑 있으면서 누구와 그렇게 메시지를 주고받았는지도 알게 되었다. 그간 내 상상 속에서만 존재하던 그녀의 수많은 친구들, 나보다 더 그녀와 친밀한 관계라 믿었던 사람들. 하지만 이래서 남의 핸드폰은 보는 게 아니라고 했던 거다. 나는 이미 정리에 들어간 마음이 도로 새까맣게 타들어가 자책감과 그리움으로 미칠 것 같은 상태가 되었다. 무슨 여자가 남자의 육체만을 탐한다고 내가 비난하던 그 숱한 날들에 여자는 이렇게 나를 보고 싶어 하고 생각하고 그리워하던 흔적들을 줄줄이 새겼건만. 그러나 이제 와 내가 이걸 봤다고 해서 무엇이 달라질 수 있을까.

잘 가.

언제 들어도 슬픈 말.

나는 그녀가 '내게' 보낸 메시지들을 빠짐없이 보느라 거의 곡예 운전을 하다시피 하면서 피부과 의사가 있다는 합정동의 어느 카

284

폐로 갔다. 어제 만났을 땐 몰랐지만 이제 우리 사이에 대해 세상에서 가장 잘 아는 사람이라고 생각하니 묘한 친근감이 들었다. 선생님은 집으로 갔는지 보이지 않았고, 의사라곤 믿을 수 없을 만큼 푼수데기였던 그 여인은 그냥 물건만 전해 주고 가려는 나를 자리에 앉히더니 기어이 내게 굳이 하지 않아도 될 말을 보탰다.

"이런 말, 해도 되나? 히힛. 혹시 김선생 밤에 홀딱 벗고 자지 않아요? 실오라기 하나 안 걸치고. 푸하하, 실오라기래. 표현이 좀 그런가?"

난 그때 어떻게 이런 여자가 의사가 됐을까 하는 생각에 나도 모르게 얼굴이 찌푸려졌지만, 여자는 취했는지 아랑곳없이 계속 말했다.

"정희 걔, 가슴이 작다고 전 남편 새끼가 항상 놀렸대요. 나중엔 아예 노골적으로 니 가슴이 작아서 미치겠다, 흥분이 안 돼서 너랑 하기가 싫다는 둥 상상할 수 없는 말들을 삼 년이나 들었다죠. 그래서 결혼하고 거의 하루도 속옷을 벗은 채 자 본 적이 없다고 그러더라구요. 아 나쁜 새끼 정말."

그러면서 여인은 보형물이 들어 있는 자기 가슴께의 옷자락을 한 번 쓱 추어올리더니 예전에 그녀에게서 들었다는 말을 내게 전했다.

그런데 그 사람은, 그러니까 이석원이란 남자는, 같이 잔 첫날에 자기 가슴을 소중하게 만지면서 예쁘다고 해 줘서 눈물겹도록 고

285

마웠었다고. 자긴 그게 너무 행복했다고.

　……내가 무슨 말을 하랴. 내가 너에게 그렇게나 고마운 사람
이었다니.

　나는 조금 더 그 피부과 의사의 말을 들어 주다 이내 카페를 나
와 차를 몰고 집으로 향했다. 아무 생각도 나지 않았다. 우리가 만
약 탈 없이 관계를 이어갔더라면 어쩜 저 푼수 같은 여자랑도 난 내
연인의 베프로서 친하게 지냈겠지. 그러나 그럴 수 없게 되었고 이
제 내가 어떤 후회나 자책 혹은 아무리 미칠 듯한 그리움과 연민
과 아무튼 그 어떤 것을 느끼든 우리의 관계는 아까 커피숍에서 나
스스로 정리해 내 입으로 뱉어 낸 그 말 그대로 종료가 되어 어떤
것으로도 되돌릴 수 없을 것이다. 나는 몰라도 그 여자는 결코 한
번 정한 마음을 되돌릴 사람이 아님을 난 잘 알고 있으니까. 하지
만…… 사람 마음이 어디 드라마 끝나듯 그럴 수가 있는가. 나는 당
장이라도 양재동으로 달려가고 싶은 걸 필사의 의지로 참으며 도저
히 가고 싶지 않은 방향으로 차를 몰았다. 이제 집으로 가면 난 밤
새 한숨도 못 자고 자책감과 그리움에 내내 시달리겠지. 내일도,
다음 주도, 어쩌면 내년에도.

우리는
서로를 가지려고 만나는 게 아니라
단지 좋아하고 그리워하기 때문에 만나요.
그러니 누구도
누구의 것이 될 필요는 없는 거죠.

하여
나는 끝내
온전히 당신의 것이
되지는 못할 테지만
그렇다고
너무 서운해 하지는 마세요.
그건
내가 당신뿐만 아니라
그 누구도 가질 수 없는 이치와도
같은 거니까요.

아, 너를 네 자리에 그대로 놔두는 일이
바로 너를 갖는 길이라는 걸
조금만 일찍 알았더라면.

이래서 그 내용이 무엇이건, 남의 속을 들여다보는 일이란 어떻게든 내 마음속에 풍파를 가져오기 마련이라고 하는 것이다. 꽤 어른스럽게 그녀를 보내 주었다고 생각했던 나는, 종잇장처럼 도로 얇아진 마음을 어쩌지 못하고 밤새 끙끙 앓았다. 도무지 어떻게 해야 할지 알 수가 없었다.

13

애송이

"안 돼. 절대로 연락하지 말고 그냥 이대로 보내 줘."

도저히 마음이 진정이 안 돼서 다음 날 일찍 목동에 사는 나리의 집으로 찾아갔다. 정녕 이대로 끝내야 하는 거냐고 물었더니 녀석은 그렇다고 했다. 언제나 그래왔듯이 지금은 죽을 것 같아도 조금만 시간이 지나면 괜찮아질 거라면서. 하지만 늘 그랬듯이 지금 난 안 괜찮은 걸 어떡하는가.

아침부터 남의 집에 찾아가 한숨만 푹푹 쉬고 있는데 나리의 중학생 딸인 윤주가 늦잠을 자고 일어나 거실로 나와서는 아저씨 오셨냐고 살갑게 인사를 한다. 나리는 이혼을 했지만 남편이랑도 가끔 만나고 딸아이랑 둘이 잘 살고 있다. 가끔이지만 여전히 알콩달콩 연애도 하면서. 이혼하고 이렇게 잘 지내는 사람들도 있건만······. 그러나 신기가 있는 나리는 어김없이 내 머릿속을 들여다본 것처럼 절망을 선사해 준다.

"너 우리 언니 알지, 민경 언니. 그 언니도 의사잖아. 그러고 보니까 둘이 사연이 정말 비슷하네. 우리 언니도 그 형부라는 인간 때문에 삼 년을 소송하다 겨우 헤어졌는데 소송 마무리 됐을 때 울 언니 거의 폐인이었어."

나리의 얘기는 이랬다. 그래서 자기 언니의 동기 선후배들 중에 이혼한 여자들끼리 모임 비슷한 걸 만들었는데 거기서 자연스럽게 다짐 같은 걸 하게 됐단다. 이제부턴 남자 절대 믿지 마라, 무조건 즐기기만 하다 마음은 주지 말고 헤어져라, 남자는 다 하찮고 우스운 놈들이다 이러면서.

"그게 뭐겠니? 그만큼 남자에 대한 피해 의식과 불신이 크다는 거야."

"그래서, 그 사람들 지금은 어떻게 지내는데?"

나는 민경이 누나가 이혼한 게 언제였는지를 헤아리려 애쓰며 나리에게 물었다.

"재혼한 언니들도 있고 아직까지 혼자 사는 언니들도 있는데 공통적인 건 회복하는 데 무지하게 시간이 걸린다는 거야. 우리나라 남자들이 어디 엔간해야 말이지."

"그래도 회복이 되긴 된다는 거네? 그럼 미안했다고, 잘 지내
라는 연락 한 통 하는 건 괜찮겠지? 응? 답장 같은 거 바라지 않는
다면 말이야."

드디어 시작이다. 늘 답을 정해 놓고 원하는 답을 들으려고 보
채는 내 모습.

"하지 말라고 석원아. 제발 이 누나가 시키는 대로 해. 니가 지
금 연락을 하면 그건 미안하다는 뜻이 아니라 니가 미치겠으니까 연
락 좀 달라는 것밖에 안 돼. 그러니까 넌 아직도 니 생각이 먼저라
고 이 답답아. 참, 그 여자도 불쌍하지. 좀 넓은 사람을 만나야 되
는데 하필 이렇게 일생 아이 같은 놈한테 걸려서는."

우리가 알고 지낸 게 벌써 이십오 년. 녀석은 내가 어떻게 말해
도 미련을 버리지 않을 거라는 걸 잘 알고 있다. 나는 더 들을 말이
없을 것 같아 자리에서 일어났고, 나리는 집 앞까지 나를 배웅하며
말했다.

"석원아. 너 그거 알지. 병법에 생즉사, 사즉생이라고 있는 거.
죽으려면 살고 살려면 죽는다. 연애도 전쟁이야. 작전도 있어야 하
구 타이밍은 또 얼마나 중요하니? 넌 지금 무조건 그 여자를 잊고
지내야 해. 그래야 단 일 프로라도 남아 있는 가능성을 잡을 수 있

어. 만약 니가 지금 한 발짝이라도 다가가면 그 여자는 우주 밖으로 달아나. 명심해. 널 안 좋아해서가 아냐. 사람 마음이 그래."

언젠가, 내가 지금처럼 누군가로 인해 괴로워 몸부림칠 때 나리는 내게 "석원아 공부해. 그리고 운동해"라고 말해 줬던 장본인이다. 녀석의 말을 듣고 나는 8월의 땡볕을 피해 아파트 지하 주차장을 얼마나 달리고 또 달렸던가.

"너 자신에게 집중해. 지금 니가 할 수 있는 건 그것밖에 없어."

나는 굵은 눈발을 맞으며 쓸쓸히 집으로 돌아갔다. 그녀랑 있을 때도 나한테 집중을 못했는데 이제 혼자가 된 지금 무슨 수로 집중을 한단 말인가.

다정하게
서로를 지탱하던 감정의 추가
어느 날부턴가 균형을 잃고
한쪽으로 기울기 시작하면
연애는
그 어떤 관계보다 갑과 을이 잔인하리 만치
명확한 권력관계로서의 민낯을 드러낸다.

이때
관계의 종말을 부채질하는 것은
늘 을의 조급함인데
고통받고 있다는 것을
드러내면 낼수록
상대는 더 냉담해질 뿐이기 때문이다.

그러니 덤덤하라.
안 되면 덤덤한 척하기라도 하라.
그것만이 고통 속에서
스스로를 구원할 수 있는
유일한 방법이다.

생각을 조금만 바꾸면 인생이 바뀐다고?

말이 쉽지

누가 그걸 모르니?

바로 그 생각을 바꾸기가 때로는 인생을 바꾸는 것만큼이나

힘드니까 이러는 거잖아.

14

미련

그거 알아요? 사람은 누군가를 진짜로 사랑하게 되면 그 순간 혼자가 된다는 걸.

언젠가 함께 자주 가던 서점에서의 일이다. 어떤 중년의 대머리 남자가 하도 사람을 빤히 보길래 나는 저 사람 왜 저러냐, 기분 나쁘니 가서 한마디 해 줄까, 하고 투덜거린 적이 있었다. 그때 그녀는 내게 말했다. 저 사람이 당신을 보는 건 당신이 자길 볼까 봐 무서워서 그러는 거라고.

"응? 그게 무슨 말이에요?"

"저 사람 머리를 좀 보세요."

"머리 뭐요? 대머리잖아요."

난 그제야 알았다. 그 사람은 나를 쳐다본 게 아니라 단지 자신의 빈약한 머리숱을 사람들이 행여 볼까 쉴 새 없이 주변을 살피고 있던 것뿐이라는 걸. 결국 그가 나를 보았던 건 자신을 지키기 위한 방어의 몸짓일 뿐이었는데 난 오직 내 입장에서만 그를 바라봤기에 그걸 나에 대한 공격으로 오인했던 것이다.

어쩜, 난 작간데도 이렇게 사람에 대한 이해가 없을까.

그때 나는 또 물었다.

"정신과에서 이런 것도 가르치나요?"

그녀는 대답했다.

"그런 건 아니지만 환자 중에 저런 사람 있어요. 그러니까 멀쩡한 석원 씨는 괜히 불쾌해할 필요가 없는 거죠."

하면서 여자는 웃으며 나를 다독이지 않았던가. 하지만 그때, 나는 그 웃음이, 너의 자상함이 아팠다. 난 멀쩡하지 않았기 때문에. 난 네가 다른 사람뿐만 아니라 내 마음도 그렇게 헤아려 주길 바랐기 때문에.

If I ain't got you

나는 앨리샤 키스가 누군지도 몰랐어.
니가 내 앞에서 그 노래를 부르기 전까진.

참으로 이상한 일 아니냐.
니가 없는 세상이
이토록 허무하고 아무것도 소용이 없으니.

    12월 31일, 그해의 마지막 일 초가 지나던 순간. 생면부지의 두 사람이 만나서 눈 맞추고 이야기하고 함께 밥 먹고 차 마시고 손을 잡고 잠을 자고 사연을 나누고 친밀해지고 다투고 삐지고 추억이 쌓여 가다 결국엔 헤어지는, 살아오면서 지겹도록 되풀이한 이 일들이 여전히 내게 이토록 절실하다는 게 나는 그저 놀라울 뿐이었다. 내가 둔한 걸까. 연애라는 게 원래 이런 걸까.

    마침내 1월 1일. 새해 아침이 되었다. 내가 마흔세 살이 되었으니 그녀도 이제 서른다섯이 되었을 것이다. 대체로 사람들은 삼십 대로 넘어가면 나이 먹는 걸 축하 받을 일로 여기진 않지만, 그래도 나는 마음속으로 그녀에게 새해가 온 것을 축하하는 메시지를 보냈다. 마치 그동안 그녀가 내게 보낼 메시지를 엉뚱한 사람에게 보내 놓고 정작 내게는 보내지 않았던 것처럼.

이런 작지만 특별한 순간들. 해가 바뀌고, 어느 한쪽이 태어난 날이 되고, 그 밖의 모든 의미 있는 날에 인사를 주고받을 수 있는 것조차 얼마나 행복이던가. 하루하루 시간은 흘렀지만 고통도 그리움도 전혀 사그라들지 않았고 여전히 모든 게 막막할 뿐이었다.

1월 2일. 또다시 눈이 왔다. 발목까지 찬 눈밭을 서걱서걱 밟으며 나는 집 앞으로 산책을 나갔다. 주머니에 넣은 손으로는 여전히 울리지 않는 휴대폰을 만지작거리면서. 그러다가 뻔히 아무 신호도 울리지 않은 휴대폰을 혹시나 하는 마음에 공연히 들여다보고 또 들여다보면서.

너의 말대로 나는 누군가를 간절히 좋아하게 된 대가로 이렇게 혼자가 되어 버린 걸까. 그걸 알았기에 너는 나에게 너를 좋아하지 말라고 그토록 당부했던 것일까.

그렇게, 울리지 않는 휴대폰을 하염없이 들여다보고 있던 4일 아침, 어디선가 연락이 왔다. 출판사는 아니었고, 물론 그녀도 아니었다. 그보다 훨씬 더 큰 고통을 내게 일깨워 줄 만한 곳이었다.

명절이면 우리는 사이가 좋을 때나 안 좋을 때나 늘 통화를 했지.
언제나 집에 내려간 네가 먼저 전화를 했었고.
헤어졌지만 이렇게 여전히 명절 때 통화를 하고 있네, 우리.
이제 세상 사람들은 옛날처럼 영원한 사랑을 기대하진 않지만
인생에는 아직도 비밀이 많아.
그리고 그건 슬프지만 분명 비극은 아니야.

복 많이 받길.

15

깨달음

그것은 한마디로 채무금의 조속한 상환을 요구하는 빚 독촉 전화였다. 지난여름에 나온 장편 소설의 집필 기간이 한없이 늘어지면서 나의 재정 상태는 점점 악화되었다. 글을 쓰는 동안엔 다른 벌이를 할 수가 없는 탓에 이미 재작년 말부터 빚을 내 왔는데 늦게나마 책이 나온 뒤에도, 이미 선인세로 적지 않은 돈을 가져다 쓴 탓에 당장의 빚을 갚기엔 역부족이었다.

사랑하는 이를 떠나보내고, 온전히 그리워하고 슬퍼하기만도 벅찬 시간에 돈 문제를 생각해야 하는 기분은 씁쓸했다. 그때 나는 알았다. 연애 또한 현실의 일이긴 하지만 돈 앞에서는, 생계가 달린 문제 앞에서는 엄연히 두 번째 일일 수밖에 없다는 걸. 연애는 어떻게든 비비고 뭉갤 수도 있고 나중을 기약할 수도 있지만 돈이란 건 도무지 에누리가 없다는 걸. 당장 갚아야 할 돈과 이달의 생활비를 마련해야 한다는 피해 갈 수 없는 현실 앞에 나는 이별의 슬픔 속에서도 나의 재정 상태와 앞으로의 대처 방안을 강구하는 일종의 장부를 만들어야 했다. 그 결과, 이 꼴에 연애씩이나 했다는 게 돌이켜보면 참 가상한 용기였다.

적자, 적자. 빚, 빚.

하나의 관계가 끝나고 난 이후 결산을 해야 할 것은 마음만은 아니었던 거다. 그러니 어쩌면 좋을까. 어떻게든 새 책이 빨리 나와서 인세가 좀 들어와야 숨통이 트일 텐데. 그런데도 난 마감을 훌쩍 넘긴 새 책의 지면을 조금도 채우지 못하고 있으니.

나는 글을 써서 나 자신과 연로하신 부모님 두 분의 생계를 책임져 왔다. 그러므로 내가 쓴 책이 팔리지 않는다는 건 우리 가족의 생계가 막연해짐을 뜻하고, 책이 나오지 않는 상황 또한 마찬가지다. 그러니 지금 나는 무엇을 해야 할까.

1월 둘째 주. 나는 그 한 주를 온전히 금전 문제를 해결하는 데

바쳤다. 남에게 부탁하는 것을 잘하지 못하는 데다 특히나 돈을 빌려 달라는 말 같은 건 상상하기도 어려운 나지만, 나와 부모의 생계 앞에서 그런 것은 다 소용없었다.

돈에 쫓기는 것만큼 영혼이 파괴되는 일은 없나니. 사랑도 연애도 그다음이나니.

어렵사리 급한 불을 끄고 나서는 또 출판사와의 문제를 해결하려 뛰어다니면서, 나는 불거진 현실의 문제 속으로 정신없이 빨려들어갔다. 그렇게 돈을 마련하고, 누군가에게 사정할 용기를 내느라 피 말리는 시간을 보내면서, 나는 문득 내가 그녀의 연락을 기다리는 순간들이 뜸해졌다는 것을 알았다. 어떤 날은 아예 하루 종일 그녀 생각을 안 한 적도 있었던 것 같다. 불과 얼마 전까지만 해도 나는, 내가 영원히 저 울리지 않는 휴대폰만 쳐다보게 되진 않을까 두려웠었는데. 이래서 사람은 일이 있어야 하는구나. 뭔가 다른 신경 쓸 일이 있어야 잊는 것도 수월하겠구나. 참 안 로맨틱하고 인정하기도 싫은 너무도 현실적인 깨달음이었다.

영혼의 짝을 기다리고 진정한 친구를 찾아 헤매던 날들이
내게 보상해 준 것은 무엇일까.
나의 결핍은 친구나 가족, 연인이 메워 줄 수 없다.
그들은 나의 결핍을 채워 주기 위한 존재가 아니며
그들 자체로 각자의 결핍을 스스로 메워 가야 하는
독립적인 존재들일 뿐이다.

수없이 많은 상처를 주고 또 받으며
다시 한 해를 보냈습니다.
누군가를 여한 없이 원망하다가
결국엔
나를 돌아보는 것으로,
내가 받은 것보다
준 것에 대해
생각하는 것으로
이 해의 끝을
보내게 되어 다행이라 생각합니다.

16

밥벌이

　밥벌이. 성공한 예술가로서, 중년의 공지영과 허영만이 젊은
시절은 돈 걱정을 해야 하니 결코 그때로 돌아가고 싶지는 않다고
말하던 밥벌이. 그러나 어느 한편에서는 육십 대가 되고, 칠십 대
가 되도록 끝끝내 끼니 걱정에서 해방되지 못한 채로 고단했던 생을
마감해야 하는, 살아 있는 한 결코 떼어 낼 수 없는 혹 같은 것.

　어려서부터 어른이 되어서까지, 너는 집에다 아귀 같은 손을
벌리고 또 벌렸다. 너는 이미 샀던 참고서를 헌책방에 가져가 헐값
에 팔아먹고는 또 엄마에게서 돈을 타 냈고, 엄마가 사람 구실이
라도 하라고 레코드 가게를 차려 주었을 땐 장사를 위해서가 아니

라 네가 듣고 싶은 CD를 사기 위해 그 많은 돈을 다 써 버렸다. 뿐인가. 스물여덟 어린 나이에 부모님의 도움으로 결혼을 했던 너는, 아내에게도 경제적인 책임을 잘 져 주지 못했던 남편이었다. 총각 땐 돈이 없으면 안 쓰면 그만이었지만 결혼 생활은 그럴 수가 없었다. 집세, 공과금, 식비, 의류비, 병원비, 경조사비……. 결혼이란 가만히 있어도 혼자 살 때보다 돈이 두 배도 아닌 세 배, 네 배가 나가는 일이었고 덕분에 너는 매일, 매주가 초비상 상태였다. 매번, 그 주의 생활비를 어찌어찌 마련하면 또 그다음 주 생활비가 한 치의 말미도 없이 마치 빚쟁이처럼 네게 아가리를 벌리며 돈 내놔, 하였다. 하루 세 끼 먹어야 할 끼니가 때마다 어김없이 돌아오듯 돈은 그렇게 네게 에누리가 없었다. 그래서 넌 IMF 직후 일곱 달 넘게 월급이 나오지 않는 회사를 다니면서 출근길에 와이프 몰래 울어도 보았고, 평생에 걸쳐 모은 CD 수천 장을 그 오 분의 일도 안 되는 값에 야금야금 팔아야 했으며, 옷은 늘 거지처럼 입던 것만 입고 다녔다. 그래도 벌이가 시원치 않아 카드란 카드는 죄다 만들고 단돈 십만 원이라도 받을 구멍이 있으면 대출이라도 받으며 너는 그 시절을 견뎠다.

나오지 않는 월급. 벌리지 않는 돈.

참으로 아이러니하게도 그토록 벌리지 않던 돈이 어째서 이혼을 한 직후부터 그렇게 형편이 풀리기 시작했던 건지 너는 알 수 없었다. 서른세 살이 될 때쯤 너는 이혼을 했는데 그때부터 희한하게 너를 필요로 하는 곳들이 많아지면서 너는 비로소 태어나서 처음으로 네 힘으로 앞가림을 하는 처지가 될 수 있었다. 지금 와 생각하면 한 가지 일을 십 년 넘게 해 온 결과가 아니었나 싶지만 당시에 너는 매달 통장에 찍히는 돈의 액수를 눈으로 보면서도 언젠간 이 행운이 끊기지는 않을까 하는 불안감에 끊임없이 시달려야 했다. 그렇게 벌리기 시작한 돈이 끊어질듯 힘겹게 이어지면서, 가끔은 정말 끊기기도 했지만, 어쨌든 그리 풍족한 건 아니어도 너는 다시는 부모에게 손을 벌리는 일은 없게 되었다. 게다가 서른 후반 즈음부터는 너의 힘으로 부모를 부양씩이나 하게 되었으니 이런 현실이 얼마나 놀랍고 감사하던지. 너는 아직도 통장에 돈이 들어오는 날이면 액수를 확인할 때까지 잠시도 마음을 놓지 못한다. 아마 죽는 순간까지 너는 돈 문제에 관해서는 완벽하게 안도하진 못하리라.

그렇게 너를 불안하게 하던 밥벌이. 친구 옹이가 부모, 형제, 친구한테까지 사기를 치고, 그 더러운 일까지 해 가며 해결하려 했던, 그렇게나 지겹고 험난하고 구차한 밥벌이였기에 네게 그 일은 오랫동안 거의 유일의, 그리고 최상의 가치였다. 너는 자신이 먹을 끼니를 자신의 힘으로 해결하지 못하는 인생이란 무가치하다고 생각했고, 그것을 스스로 해결할 수 있어야 비로소 어른이라고 여겼으며, 그것은 아주 기본적이고도 숭고하며, 사람의, 어른으로서의 가장 기본적인 도리라고 생각했다. 그걸 넘어서는 다른 중요한 건 있을 수 없다고 믿었다.

2009년. 네가 첫 책을 내게 된 것도 같은 맥락에서였다. 사람들은 네가 음악을 하다 그 부산물로 글을 쓴 것이라 알고 있지만 사실 넌 음악을 하기 훨씬 전부터 글을 팔아 용돈 벌이를 하던 사람이었다. 5집 앨범이 나오고, 여러 출판사에서 받은 출간 제의를 거절하던 중 너는 잡지 『페이퍼』의 황경신 편집장을 만나 거의 강요에 가까운 출간 권유를 받게 된다. 하지만 그때까지도 너는 망설였다. 책 한 권 읽지 않은 나 같은 게 무슨 책을 낸단 말인가 하는 마음에. 그러나 그런 너의 마지막 망설임을 깨 준 것은 바로 옆에 앉아 있던 김원 이사의 한마디였다. 그분은 우물쭈물하며 답을 하지 못하던 네게 보다 못해 소리쳤다.

"아, 글을 쓰세요. 노후 준비를 해야죠."

그 말은 네게 충격이었다. 늘, 마흔이 넘으면 더 이상 곡이 나오지 않을 거라 두려워하던 네게 그 말은 마치 새로운 출구를 알려 주는 다급한 안내 방송처럼 들렸다.

이렇게 그때의 너는 늘 그렇듯 밥벌이의 관점에서 새 일을 바라보았고, 그러한 의도는 네게 절박하고 순수한 것이었다. 그 어떤 일이건 너는 '하고 싶어서 한다'라는 개념 자체가 머릿속에 존재하지 않던 인간이었으니까. 그래서 넌, 음악이 하고 싶어 집을 나가고, 글이 쓰고 싶어 몸부림을 치는 사람들을 보면 한없는 낯설음을 느껴야 했으니까. 너의 관심은 오로지 밥벌이였고, 인생이란 큰 재미 없이도 그저 살아가야 하는 것이었으니까. 하지만 팔자에 없는 장편 소설을 쓰게 되면서 너의 그 평생에 걸친 신념(?)은 흔들리기 시작했다. 너무 힘들어서? 아니면 그걸 하는 동안 또다시 대출을 받아야 하는 처지가 됐기 때문에?

자주 그래 왔듯, 너는 태어나서 단 한 줄 짧은 습작 한 편도 써 보지 않은 주제에 무모하게 장편 소설을 쓰고 있다고 거짓말을 해서 출판사와 계약을 했다. 그리고 두 달이면 다 쓸 수 있다고 큰소리쳤다. 그러나 되지 않았다. 소설은, 더구나 장편 소설을 쓰는 일은 네가 지금까지 해 온 어떤 일과도 달랐다. 너는 이런 식으로 장담부터 하고선 실제 그 일을 해내는 데 익숙해져 있었기 때문에 이번에도 될 거라고 생각했지만 그렇지가 않았다. 물론 힘들어 하면서도 너는 끝내 그 일을 해내긴 했다. 문제는 그 일을 하면서 네가 행복하지 않았다는 사실이었다.

행복?

익숙하지 않은 단어다. 하지만 소설을 쓰면서, 너는 그걸 원했고 그래서 혼란스러웠다. 네 입으로 누차 말한 대로, 너는 일을 하면서 재미나 그 비슷한 걸 찾는 타입이 아니다. 너는 그런 것 없이도 얼마든지 열심히 작업해 왔고, 결과물이 마음에 들면 그뿐이었으니까. 그런데 소설을 쓰면서 너는 유난히 과정에 집착했다. 늘, 결과를 위해 희생되어야만 한다고 여겨 왔던 그 일에.

내가 아는 어떤
똑똑하고 자존심 세고
독립적으로 보이는 아이들이
실은 아르바이트 한 번 하지 않고
순전히 부모에게 받는 돈으로
인생을
살아가고 있는 걸
어떻게 이해해야 할까.

생존을 위해서 노력하지 않는 삶에서 비롯된
모든 세상에 대한 의문과 생각, 꿈들은 공허할 수밖에 없는
것이거늘.
그래서 다들 그렇게
밥벌이를 위해 필사적이거늘.

세상이 공평하다면
그 돈을 줄 수 있는 부모를 만난 것은 행운이겠으나
그럼으로써 너의 사유가 좀 더 가치 있는 것이 될 기회를
박탈당한 것은 일종의 불행이라 할 수 있겠지.

17

하고 싶은 일을 하며 살지 못하는 자의 고백

처음엔 집필 기간이 워낙 길어져서 그러는 것이려니 했다. 첫 책은 십 개월을 썼는데 두 번째 책은 사 년이 걸렸으니까. 그런데, 단순히 오래 걸려서 힘들기 때문이 아니었다. 사람이 일이 년은 몰라도 삼 년, 사 년을 아무런 재미나 보람도 없이 숙제하듯 일을 할 수는 없었던 것이다. 그것은 쓰는 일 자체의 어려움과는 별개의 이야기였고, 그렇게 소설을 쓰던 말미에 사로잡힌 고민은 책이 나오고 나서도 멈추지 않고 오히려 커져만 갔다. 그리하여 너는 놀랍게도 소설을 발표하고 나서 자신이 반년 넘도록 책이라곤 단 한 글자도 읽지 못하고 있음을 깨닫는다. 그것은 여전히, 너란 사람은 필요에 의한 게 아니면 진심으로 책을 즐기고 있지 못하단 것이었기에 너는 슬펐다.

　첫 책『보통의 존재』를 통해 너는 사람들에게 말했었다. 나는
이제 평생 못 읽던 책을 읽게 되었고, 글 쓰는 일이 이토록 즐거우
니 이제야말로 구원받았다고. 그러니 이제 평생을 읽고 쓸 거라고.
그랬던 일이, 다시 그저 밥벌이의 수단으로 전락하고 말았을 때 너
의 좌절은 자연스러운 것이었다. 어쩜 너에게 좋아하고 하고 싶은
것을 하는 일이란 신기루에 불과할지 모르겠다고, 그런 행운은 내
게는 사치인가 보다고 너는 낙담했던 것이다.

　포르쉐 모는 의사 김정희 씨를 만난 건 그런 이유로 네가 한없
이 가라앉아 있던 때였다.
　"무슨 일을 하세요?"
　여자의 의례적인 물음에 너는 사실대로 대답할 수 없었다. 너
는 너의 직업적 정체성에 대해 극도의 혼란을 느끼던 중이었고, 아
무것도 확신할 수 없던 터였으니까. 너는 그때 글을 쓰고 음악을 만
드는 것은 더 이상 자신의 일이 아니라 믿었고, 이제야말로 정말 하
고 싶은 새 일을 찾게 되길 애타게 바라고 있었으니까. 그때가 너의
나이 마흔두 살. 너는 너의 진짜 일을 찾기 위해 거의 필사적으로
세상의 여러 직업들을 살폈다. 너는 빵 먹는 걸 너무도 좋아하지만
만드는 건 귀찮아하므로 제빵사가 될 수는 없었다. 너는 영화 보길

좋아하지만 영화 만드는 일에 재능이 있지는 않았으므로 그걸 할 수도 없었다. 네가 좋아하는 것들 중에 직접 하길 원하거나 할 수 있는 능력을 가진 게 네겐 없었다. 너는 네가 좋아하는 것들의 오로지 향유자가 되길 원할 뿐, 과정의 수고로움을 감내할 만큼 사랑하고 아끼는 일이 네겐 없었던 것이다. 그리고 그게 너를 좌절케 했다.

'더 이상 단지 밥과 돈 때문에 일을 할 수는 없는 사람이 되어 버렸는데, 그럼 난 앞으로 무엇을 하며 살아가야 한단 말인가.'

결국 그녀를 만나던 내내 너는 고민의 해답을 찾지 못했고, 끝내 네가 무슨 일을 하는 사람인지조차 말해 주지 못한 채 사랑하는 사람을 떠나보내야 했다. 그리고 이제 혼란스러웠던 관계가 어찌됐건 정리되고 밥을 위해 또다시 쓰기 싫은 글을 쓸 수밖에 없는 암담한 상황에서, 너는 정확히 그녀를 만나기 전의 상태로 돌아가게 된 것이다. 하고 싶은 일을 찾기 전엔 아무것도 할 수 없는 상태. 그 열망 때문에 다른 건 어떤 것도 생각할 수 없는 상태. 뿐인가. 그와 동시에 너는 다시 휴대폰을 들여다보기 시작한 너를 발견한다. 현실의 문제를 해결하느라 잠시 잊고 있었던, 돌아오지 않을 사람의 연락에 또다시 목매며 기다리게 된 자신을. 너는 정신이 번쩍 들었다. 이러다간 그녀를 좋아했던 내 마음까지 변질되어 잃어버리고 말겠다고. 어떻게든 이 수렁에서 벗어나야겠다고.

하지만 어떻게?

정신을 차리지 못해서 이러고 있는 건 아니지 않은가. 원하는 것이 명확한데 단지 그 해답을 찾지 못하기 때문인 것을. 하고 싶은 일을 하며 사는 것이 소원인데 아무리 찾아도 그런 일이 없다. 그럼 답은 그냥 살면 되는데 그러질 못하겠다. 자기 책에선 없으면 그냥 살라고, 무슨 관객이 되면 그뿐이라고 참으로 무심하게도 말했으면서. 정작 너의 머릿속에선 같은 질문과 대답이 뫼비우스의 띠처럼 하루 온종일, 아니 벌써 수년이 넘게 맴돌고 있다. 그래도 찾고 싶었으니까. 어떻게든 찾아내고 싶었으니까.

파주에서 뜻밖의 택배가 날아온 것은 그렇게 자포자기의 심정으로 하루하루를 보내던 어느 날이었다.

바라고 또 바라고 포기하지 않으면 무슨 일이 벌어질까.

18

선물

안녕하세요, 이석원 선생님.
문학동네에서 발행하는 계간 『문학동네』 겨울호에 짧은 원고를
하나 받고 싶어서 이렇게 불쑥 연락드렸습니다.

작년 가을, 그분으로부터 처음 메일을 받았다. 창립 이십 주년
을 맞아 문학동네가 기획한 계간 『문학동네』 특집란에 내 글을 싣고
싶다는 것이었다. 주변의 에디터들은 『문학동네』가 꽤 괜찮은 종합
문예지라며, 여러모로 내게 좋은 기회가 될 것 같다는 조언들을 해
주었다. 허나 다시는 글을 쓸 수 없을지 모른다고 생각하던 내게 이
제 와 작가로서의 기회라니. 그 말은 이미 결혼을 포기한 사람에게

뒤늦게 좋은 상대를 소개시켜 주겠다는 말처럼 들렸다. 어쨌든, 원고지 스무 매쯤이야 어떻게든 메울 수 있겠지 하는 생각에 수락을 하고는 문학동네와의 인연을 더듬던 나는 새삼 가슴이 쓰렸다. 첫 책을 내고 파주 문학동네 사옥을 처음 찾던 날, 서점을 그렇게도 좋아하던 내가 역시나 책으로 둘러싸인, 마치 책 만드는 공장 같던 그곳을 찾았을 때 얼마나 가슴 벅차 했던가. 그때의 그 흥분과 설렘이란 건 정말이지 말로 표현이 안 될 만큼의 감흥이었는데……. 지금은 어느새, 헤어진 옛 연인과의 즐거웠던 기억만을 애써 회상하는 기분을 느껴야 하다니. 돌이켜보건대, 파주의 그 공간과 그곳에서의 시간들, 또 글을 쓰고 책을 읽고 만드는 그 모든 일들은, 좀 더 오래 내게, 내가 일생 처음 맛보았던 그 기분을 느낄 수 있도록 해주었어야 했다. 그것이, 언젠간 아이스크림처럼 녹아 없어질 신기루 같은 것이라 해도 적어도 이렇게 빨리 사라지는 건 아니었다.

인생에 의미라는 걸 찾기 시작하면서 생은 더욱 복잡하고 험난해졌나니.

그런데 청탁받은 글을 『문학동네』에 싣는 과정에서 내게 연락하고 내 원고를 봐 주었던 분과 작은 사건 하나가 있었다. 나는 글을 쓸 때 수정을 너무나도 중요시하는데, 내가 반드시 고쳐야 한다고 신신당부했던 작은 토씨 하나가 고쳐지지 않은 채 그대로 책으로 만들어져 서점에 깔린 것이다. 책이 나오기 직전까지 몇 번이나 확인을 거듭한 일이라 나는 너무나 화가 나서, 문예지에 내 글이 실린다는 기쁨을 느낄 새도 없이 광화문 교보문고 그 사람 많은 데서 얼굴조차 모르는 분에게 전화를 걸어 그만 언성을 높이고 말았다. 나중에 알고 보니 그분은 회사에서 꽤 높은 직책을 맡은 분이었고, 물론 내가 그곳 직원도 아닌 만큼 그런 게 중요하진 않았지만 아, 모르겠다. 그가 누구든 난 해서는 안 될 결례를 하고 만 것이다.

'너 제정신이냐?'

너무 화가 나서 무슨 말을 했는지 기억도 못한 채로 전화를 끊고는 분노 조절 안 되는 환자처럼 멍하니 서 있다가, 한참이 지나서야 난 내가 얼마나 미친 짓을 했는지 깨달았다. 이걸 어떻게 수습하지. 난 그저 어디론가 숨고만 싶어 쫓기듯 지하 주차장으로 걸어 내려갔는데, 그때 마치 악몽처럼 누군가 내 귀에다 대고 이렇게 속삭이는 것이었다.

"알아요, 석원 씨 마음. 하지만 저는 석원 씨가 그런 상황에서 어떻게든 이성적으로 그 상황을 해결하려 하거나 말로 어떻게 해 보려는 노력 없이 무작정 달려드는 모습에서 남편의 그걸 봤어요. 그리고 전 그게 절대로 안 잊힐 것 같아요. 도저히."

나는 갑자기 다리가 풀려 내려가던 계단에서 그대로 주저앉아 버리고 말았다. 도대체 그 토씨 하나가 뭐라고 그 생난리 발광을 쳤단 말인가. 설사 그게 중요했더라도 왜 난 이성적으로 차분히 어필할 수 없었을까. 감정에 치우쳐 사랑하는 사람조차 지키지 못하고, 내게 귀한 지면을 맡겨 준 분께 돌이킬 수 없는 결례를 범하고 말았으니 이 모든 게 내 탓이라는 생각에 나는 몸서리쳤다.

바로 그분이 보낸 택배였다. 그날의 '사건'은 확인해 보니 자신의 실수였다며 결코 내 글을 가벼이 여겨 그런 것이 아님을 그분은 몇 번이나 전해 왔고, 그 곡진한 사과에 난 나대로 더욱 죄송해져서 거듭 사죄를 하는 것으로 일이 일단락되기는 했었다. 그렇지만 겉으로야 너그러이 받아 주셨을지 몰라도 속으로는 나를 괘씸히 여기고 계셔야 마땅할 분이, 내게 왜 무엇을 보낸 것인지. 나는 조심스럽게, 설마 폭탄 같은 건 아니겠지, 하고 또 엉뚱한 상상을 하면서 테이프로 꽁꽁 봉해진 누런 상자를 뜯었다.

난 전기를 좋아한다.

정말로 솔직한 전기는 대상의 특별함과 위대함을 강조하기보다는 그도 우리와 똑같은 사람이라는 것을 알려 주곤 했기 때문에. 대인 관계에 서툴고, 성공과 돈에 집착하고, 인물의 이기적이고 야비한 모습까지 숨김없이 드러내는 그런 전기들은 세상에 나만 바보 천치 거나 속물이 아니라는 걸 알게 해 주었다. "에릭 클랩튼처럼 위대한 뮤지션도 이렇게 약해 빠진 인간이었는데 하물며 우리 같은 보통 사람들이야 오죽하랴." 이런 식으로, 자신이 저지른 미숙함이나 실수 같은 것들에 스스로를 너무 가혹하게 질책하지 않아도 될 것 같은 관대함을 갖게 해 주었던 것이다.

자책하지 않게 되는 것만 해도 어디인가?

책 한 권 읽음으로써 자신을 용서할 수 있다면 그것보다 남는 장사도 없을 것이다.

19

짧은 이야기 긴 사연

안에는 명절날 사과 박스를 가득 메운 사과처럼 책들이 그득했
다. 그분이 직접 손으로 쓰신 인사말과 또 한 번의 사과가 담긴 카
드도 함께. 이렇게까지 안 하셔도 되는데. 놀랍고 기쁜 마음으로
책들을 하나하나 꺼내 보니 상자 안에는 마스다 미리의 만화와, 문
학동네에서 나온 2013년 노벨 문학상의 주인공 앨리스 먼로의 책,
그리고 처음 들어 보는 로제 그르니에라는 작가의 책 등이 들어 있
었다. 생각해 보면 출판사에 계시는 분이 책 말고 무엇을 보낼까.
나의 무례에도 도리어 이런 선물을 보내 주신 그분의 마음에 새삼
고마움을 느끼면서, 나는 책을 한 권씩 차례차례 책장에 꽂아 두었
다. 이제 또다시 책을 읽지 못하게 되었으니 이 녀석들은 예전처럼

관상용으로나 나를 즐겁게 해 줄 것이므로.

며칠 후. 그분으로부터 메일이 왔다. 내가 감사의 편지를 보내자 그에 대한 답례로 다시 답장을 주신 것이다. 그런데, 메일 중 그분은 특별히 로제 그르니에라는 작가를 언급하며 내가 그 책을 꼭 좀 읽어 봤으면 좋겠다는 말씀을 전해 오셨다.

로제 그르니에. 94세. 국내에선 거의 알려지지 않은 프랑스의 노작가. 아직도 출판사에 매일 출근하고 항상 글을 쓰며 일이 년에 한 권씩은 꼭 책을 내는 사람.

세상에…… 나이 구십이 넘어도 늘 글을 쓰는 사람의 하루는 어떤 것일까. 사실 이때까지만 해도 나는 대단하고 부러운 남의 인생을 그저 쳐다보는 느낌이었다. 그래, 글은 이런 사람이 써야지, 하고 생각하면서. 나는 이제 그 일에서 비켜서게 된 사람이니 이렇게 부러워나 하는 거지 뭐, 라고 체념하면서. 그런데 그날 난 이 묘한 일들, 내가 신경질을 부려 기분이 상했을 분이 오히려 내게 책을 보내오고, 그 책을 쓴 작가의 프로필이 또 내게 알 수 없는 감흥을 준 이 작은 에피소드를 어쩐지 기록해 두고 싶어 일기장을 열었다가, 미처 생각 못하고 있던 사실을 알게 되었다. 나는 내가 장편 소설을 쓴 뒤 근 일 년을 글이라곤 한 글자도 쓰지 못했다고 생각했었는데,

실은 길든 짧든 나는 뭔가를 거의 매일 쓰고 있었던 것이다. 일기장에, 노트에, 하다못해 블로그에.

아마도 책에 실을 만한 게 아니라는 이유로, 나는 그것들을 별 것 아닌 걸로 치부하고는 썼다는 사실 자체를 망각했던 모양이었다. 그러나 엄연히 나는 곳곳에, 매일 똑같은 고민일지언정 내가 내일을 찾기를 얼마나 바라는지를 절절히 기록하고 있었고, 물론 쓸데없는 것들도 많아서 그야말로 메모 수준의 하찮고 짧은 글 조각들도 많았지만, 아무튼 계속 무언가를 쓰고 있었다. 그리고 그 사실은, 하루도 거르지 않고 글을 쓰는, 누가 시키지 않아도 그러는 사람들이나 쓰는 게 글이라고 자조 섞인 부러움을 표하던 나의 내면의 뭔가를 일깨우는 바가 있었다. 그리하여 나는 홀린 듯 그 로제 그르니에라는 작가의 책을 책장에서 꺼내 펼쳐 들게 되었던 것이다.

무려 일 년 만의 책 읽기. 어쩜 나는 그토록 찾아 헤매던 것을 곁에 두고서, 그저 잠시 잃어버렸던 것은 아니었을까.

그날 밤, 나는 나도 모르게 써 온 일기장 곳곳에 내가 경구처럼 적어 놓은 문구 하나를 마음속에 새기며 잠이 들었다.

바라고 또 바라고 포기하지 않으면 무슨 일이 벌어질까.

선택

인생을 살아 내느냐
아니면 견디느냐에 관한 문제.

행복

행복해서 삶이 소중한 게 아니라
삶이 소중한 것을 알기에 지금 이 순간이 행복한 것.

다짐

그러니 잘해야 돼.
안 그러면 소중한 것들을 잃어버리게 될지도 몰라.

20

Au Revoir

이제 이 길고 지루했던 이야기를 마쳐야겠다. 작은 갈등 덕에 선물로 받은 로제 그르니에의 책은 뜻밖에도 내 오랜 고민을 풀어 주는 전환점이 되어 주었다. 문제는 글 자체가 아니라 글의 성격이 었다. 여태껏 그래 온 것처럼 난 하고 싶어서가 아니라 해야 하기 때문에, 다시 말해 작가로서 얻을 수 있는 열매가 더 많다는 '필요' 에 의해서 소설, 그것도 장편을 택했고, 결과는 보시다시피였다. 장편 소설에 관한 어떤 경험이나 흥미도 없던 내가 하면 할 수 있다 는 만용으로 버틴 사 년의 세월에 나는 만신창이가 되었고, 이제 더 는 내 몸이, 내 마음이, 내 나이가, 이렇게 살아서는 안 된다고 외 치는 지경이 되었던 것이다. 그러니까 난 읽거나 쓰지 못하게 된 게 아니라 단지 원치 않는 글쓰기에 지쳐 있었다는 사실을, 저 바다 건너 프랑스의 노작가가 쓴 그리 대단할 것도 없는 수수한 단편 하나가 일깨워 준 것이다. 이토록 나른하고 짧고 일상적인 이야기로. 바로 내가 원하던 것으로.

행복했다. 다시 책을 읽을 수 있어서. 읽을 수 있게 된 다음엔 이제야말로 뭔가를 써야 할 때. 과연 내가 다시 글을 쓸 수 있을까. 세상에 무의미하기 짝이 없는 물음이 바로 '나도 할 수 있을까'라는 것이다. 해 보면 알게 될 것을 왜 물어볼까. '필사를 하면 정말 글을 잘 쓸 수 있게 되나요?' 같은 질문에 내가 끝내 대답을 해 주지 않는 이유도 조금이나마 뭔가를 할 수 있는 사람은 결코 묻지 않고 바로 시작을 하기 때문 아니던가. 그래서 나는 썼다. 쓸모가 있든 없든, 똑같은 글이 되풀이되고, 한심한 글밖엔 나오지 않았어도 종일 펜을 놀리고 키보드를 두드리며, 소설도 좋고 에세이도 좋고 그 무엇도 아닌 글이라 해도 그저 쓸 수만 있다면 좋겠다는 마음으로.

그러길 석 달쯤 하던 어느 날 새벽, 그날도 눈을 뜨자마자 컴퓨터로 직행해 글을 쓰려는데, 문득 섬광처럼, 잊고 있던 아이디어 하나가 떠올랐다. 예전에 글이 한참 써지지 않을 때 친구에게 들려줬다가 면박만 당하고 말았던, 세상에서 가장 운 없는 사람을 가리기 위해 가위바위보로 대회를 한다는 황당한 이야기. 물론 단지 썼다는 데에 의의를 뒀을 뿐 그게 글로서 가치가 있는 것이라고는 생각하지 않았지만, 황당하고 엉뚱해도 내가 쓰고 싶으면 쓰자는 생각에서 나는 그것을 써 내려갔고, 막상 글을 본 친구의 재밌다는 한 마디에 용기를 얻을 수 있었으며, 그렇게 쓴 글을 출판사에 보내 좋은 반응도 얻었다.

작은 것이 풀리면 큰 것도 풀리나니. 하나가 풀리면 두 개도 풀리나니.

나는 이제 그토록 찾아 헤매던 내 일을 찾은 걸까.

내게 인생은 경주가 아니라
혼자서 조용히 자신만의 화단을 가꾸는 일.

천천히 가는 것이 부끄럽지 않습니다.
나보다 빨리 달리는 사람들이 앞서 간다고도 생각지 않구요.

오늘도 감사히 보내시길.

시간이란 누구에게나 주어지는
흔한 선물은 아닙니다.

21

Au Revoir 2

이제 정말로 글을 마치려 한다. 그 전에 분명히 해 두고 싶은 것은, 나는 사람은 하고 싶은 걸 하면서 살아야 한다고 주장을 하려는 게 결코 아니라는 점이다. 나는 꿈이나 목표, 하고 싶은 일 같은 것 없이도 지난 사십 년간 충분히 잘 살아왔다. 그리고 그런 건 찾고 싶다고 찾아지는 것도 아니요, 찾아진다 해도 언젠간 시들해질 수 있으며, 또다시 아무것도 하고 싶지 않은 상태로 언제든 돌아갈 수 있다고 믿는다. 여전히 누구나 하고 싶은 일이 있다거나, 누구나 잘하는 일이 있다고는 생각지 않는다는 것이다. 다만 내가 원하는 대로 살고 싶을 뿐. 그때는 그때대로, 지금은 지금대로.

관련해서 또 한 가지 말하고 싶은 것이 있다. 과연 사람은 이른바 자신이 원하는 삶을 살게 되면 그렇지 못할 때보다 정말 비교할수 없을 만큼 행복한 날들을 보내게 될까. 살면서 간절히 원하던 어떤 것들을 갖거나 이루게 되었을 때, 그 행복감이란 건 늘 아주 잠시뿐이었다. 결국, 매일 받는 잔칫상이 계속 좋을 리가 없기에 살아 있는 한 감당해야 하는 것은 별 표정 없는 일상이고, 그렇기 때문에 그토록 바라던 것을 찾았다고 해서 내 일상이 개벽을 하듯 변하는 것은 아니란 얘기다. 사실 거의 변한 게 없다고 해야 맞을 것이다. 하고 싶은 일이라고 해서 힘이 들지 않는 것도 아니고, 쓰고싶어 썼다고 남들이 무조건 봐 주는 것도 아닐 테니까. 다만, 나를끈질기게 괴롭히던 어떤 갈증 하나가 조금 희미해졌다고 할까. 단지 그걸 위해 그 많은 시간을 들여 고민을 했냐고 묻는다면 세상 모든 일이 마찬가지라고 답하겠다. 기타리스트가 악기를 고를 때, 어느 정도의 수준을 넘어서면 아주 미세한 소리의 차이로 가격과 레벨에 큰 격차가 생긴다. 단지 아주 조금 더 좋은 소리를 위해 몇 백, 몇 천만 원을 더 지불해야 하는 것이다. 옷도 그렇지 않나. 잘 만들어진 명품 짝퉁과 진품의 차이는 어째서 전문가들밖엔 감별해 내지못할까. 그 차이가 미세하기 때문이다. 그리고 그 미세한 차이 때문에 사람들은 큰돈을 지불하는 것이고.

시간은 흘렀고 나는 별다를 것도 없는 평온을 되찾았다. 사랑이란 게, 관계라는 게 어쩔 수 없이 공학적인 측면이 적용될 수밖에 없는 행위다 보니, 내 생활에 중심을 잡고 온전히 내게 집중하게 되자 상대에 대한 그리움이나 심적 고통도 덜하게 되었다. 똑같은 이별을 해도 아무 할 일이 없는 사람과 바빠 죽겠는 사람이 느끼는 고통의 크기가 다른 것처럼 말이다. 다행히 난 내 페이스를 찾았기에 집착이나 미련이 될 뻔한 일을 추억으로 간직할 수 있게 되었지만 그렇다고 완전히 잊었다면 거짓말일 터. 헤어진 지 백 일이 되고 이백 일이 되던 날엔 아무런 근거도 없이 혹시 연락이 오진 않을까 기대를 가져 본 적도 있었다.

뭐해요?

언제 들어도 좋은 말.

물론 다시 들을 수는 없었다. 그녀는 자기가 했던 말을 어겨 가며 연락을 할 사람이 아니고, 바로 그래서 나는 그녀를 좋아하고 기다리게 된 것이니까. 이 참으로 얄궂은 관계의 모순. 내가 누구인지 말할 수 있길 그토록 원했건만 정작 말할 수 있게 되었을 땐 들어 줄 사람이 없는……. 그게 바로 인생이고 그게 바로 사랑이라고 나의 영원한 연애 선생 나리는 오늘도 말한다.

"사랑은 어쩔 수 없는 엇갈림이잖아, 석원아. 인생이란 게 그렇잖아."

나도 안다. 내 일생의 연애가 그러했고 이 시간에도 무수한 인연들이 엇갈리고 있음을. 그러나 바로 그렇기 때문에 우리는 마음속에 지울 수 없는 사람과, 그의 흔적들을 남길 수 있음을.

4월 28일. 그렇게 해서 나는 올해 나올 책의 원고를 완성해 늘 그렇듯 나의 첫 번째 독자인 출판사의 에디터에게 메일로 보냈다. 아마 일주일쯤 있으면 연락이 올 것이고, 반응이 괜찮다면 나는 계획대로 올해 안에 책을 낼 수 있을 것이다. 항상 글을 보내고 나면 다시 피드백이 올 때까지는 어쩔 수 없는 휴가다. 물론 그렇다고 특별히 할 일이 있는 건 아니어서 난 오랜만에, 한동안 잊고 있었던 그 홍차집을 떠올렸다. 과연 그 여주인은 아직도 내가 가면 그 환하던 얼굴을 찌푸릴까?

오랫동안 간절히 원하던 것을 마침내 갖게 되었을 때

왜 생각만큼 기쁘지 않을까.

하지만 다시 이것을 놓아 버린다고 생각하면

어째서 여전히 아찔할까.

여행

뿌연 반원형 차창 너머로 익숙한 한반도의 지형과 구름들이 보인
다. 예상했듯 여행기에 들어갈 만한 극적인 해프닝 같은 건 없었
다. 정말이지 지독히도 평범한 시간들로 점철된 보름간이었으므
로. 그러나 십오 년 만에 다시 찾은 런던에서 어떤 곳을 스물여섯
살에 가 보는 것과 마흔 언저리에 가 보는 것이 얼마나 다른지를
깨닫곤 가슴 아렸던 기억과, 속된 말로 뚱뚱해 보이는 사람이 하나
도 없는 것만 같던 파리 시내와 달리 거의 굴러다니다시피 하는 런
던의 아저씨 아줌마들을 보면서 이제야 사람 사는 곳에 온 것 같아
반가워 눈물짓던 순간과, 아무리 먹어도 배가 아프지 않던 파리완
딴판으로 마치 한국 빵처럼 속이 불편했던 런던의 바게트들을 먹던
기억까지…… 그 모든 순간들이 이제 추억이라는 이름으로, 내 안
깊은 어느 구석엔가 쌓이고 자리 잡게 되었다.

여행은 사람을 얼마나 변화시켜 줄까.
여행지에서의 각성이란 건 정말로 효험이 있을까.

답은 서울로 돌아가 보면 알 것이었고 그렇게 떠났다 돌아온 지 다
시 몇 년의 세월이 흘렀다. 그간 몇 번의 여행을 더 다녀오긴 했지

만 그때마다 여행이 주는 여운과 감흥이란 건 금세 잊혔고, 나는 어느새 또 한 번의 비슷한 일 ― 누군가를 만나고 헤어지고 상처 받고 그리워하는 그 일 ― 을 겪고는 이내 또 어디론가 떠나길 꿈 꾸고 있다. 나는 무의미한 일을 반복하고 있는 것일까? 여행은, 사람을 만나는 일은 내게 아무것도 주지 못하는 행위인 것일까? 모르겠다. 그렇지만 먼 곳에서 먹을 수 없던 것들을 먹고 볼 수 없던 것들을 보고 쓸 수 없는 바람을 쐬던 그 모든 기억들이 아무리 빨리 사라진다 해도, 잘 찾아 보면 여전히 그때의 여행의 여운과 기억이, 또다시 떠날 날에 대한 기대가, 다시 만날 사람에 대한 그리움이 이렇게 힘든 하루를 지탱할 힘이 되어 주고 있으니 그럼 된 거 아닐까.

책은 왜 읽지? 좋아서 읽는다. 그게 내게 뭘 주기 때문이 아니라 그냥 좋아서. 여행도 마찬가지다. 그게 내게 뭘 주기 때문이 아니라 그냥 떠나고 싶어서 떠난다. 지르는 건 아무리 해도 좋은 일. 움츠리고 망설이는 것보다는 훨씬 나은 일. 그래서 나는 떠난다. 돌아올 수 있는 곳이라면 어디든.

22

Au Revoir 3

대구의 기온이 기상대 관측 사상 5월의 기온으로는 가장 높은 37도까지 올라갔다는 소식으로 종일 떠들썩했던 토요일이었다. 나는 별생각 없이, 바로 이 모든 일의 시작이었던 — 나와 만나기로 했다가 일이 생겼다며 약속을 깬 뒤 혼자서 서점을 거닐다 내게 발각됐던, 그래서 내게 사과의 뜻으로 김정희를 소개시켜 주었던 — 그 친구를 오랜만에 만나고 싶어 전화를 걸었다. 그런데 이 친구, 자기가 오랫동안 연락도 안 해서 미안하고 하니 또 소개팅을 시켜 주겠다는 것이었다.

아니, 도대체 뭐가 그리 맨날 미안하며, 무슨 중매쟁이도 아닌데 뭔 놈의 팅을 그렇게 자꾸 해 주려는 걸까. 나는 당황하여 일단 우리가 얼굴 본 지도 오래됐으니 오늘은 그냥 둘이 보자고 둘러댔다. 조금 실없는 친구라는 생각도 들었지만 바로 그 실없음 때문에 내가 잊지 못할 사람을 만나게 되었으니 마냥 뭐라고 할 수도 없는 노릇이었다. 그런데 그 친구, 우물쭈물하는 내 반응에 의아해 하며 되묻는다.

"형님 연애 좋아하지 않으세요? 난 그렇게 알고 있는데."
"좋아하지, 좋아는 하는데……."

나는 갑작스러운 제안에 당황한 것도 있었지만 그제야 내가 왜 멈칫거리는지를 알고 머릿속이 복잡해져 버렸다. 혹시 난 이미 헤어진 여자 때문에 다른 사람 만나는 걸 꺼리고 있는 건 아닐까? 만약 그렇다면 난 앞으로 누군가와 만나거나 동침할 일이 있어도 마다하고 수절을 해야 하는가? 혹 상대에 대한 예의로 그럴 수 있다 해도 대체 그 기간은 얼마만큼이어야 하며, 얼마 동안 다른 사람 만나는 걸 참아야 나는 그 사람에게 내 마음의 성의를 표했다고 할 수 있는 걸까.

이럴 때 선생님이 있었다면 누구보다 시원하게 내 질문에 답을 해 주었으련만.

결국 나는 그 친구의 제안을 사양했고, 일단 그날은 둘만 보는 걸로 해서 오후 늦게 차를 몰고 계동으로 향했다. 그러고 보면 엽서의 그 궁금증도 시원하게 풀린 건 아니어서 그것도 물어볼 겸 겸사 겸사.

꽃 피는 5월의 계동.

아무것도 달라진 건 없었다. 내 낡은 차도 이곳의 풍경도. 당연히 그럴 것이다. 긴 터널에 들어가서 지지고 볶다 나오는 건 늘 나 혼자의 일이고, 세상은 내가 그러거나 말거나 늘 그 자리에 그 모습 그대로 있어 왔으니까.

계동 현대그룹 본사 사옥 주차장에 차를 대고 나는 홍차집까지 천천히 걸어갔다. 그리고 늘 하던 대로 문 앞에 다다르자 잠시 멈칫거리며 안을 살폈다. 혹시 그새 주인이 바뀐 건 아니겠지? 난 은근히 내가 들어가면 주인 여자의 표정이 어떨까 궁금해 하며 실로 오랜만에 문을 열고 안으로 들어서려는데, 하필 그 순간 휴대폰이 울렸다. 난 갑작스런 벨소리에 놀라 들어가려다 말고 도로 가게 밖으로 나와서는 휴대폰 화면을 확인했다.

그런데 세상에······

전화를 걸어온 사람이 여자고 직업은 의사이며 성이 김 씨였다면 믿겠는가?

작가의 말

언젠가
단골집에서 초밥을 먹는데
사장님이 머리 위로 그릇이 잔뜩 담긴 설거지통을 들고
아슬아슬 지나가길래

저게 머리 위로 쏟아지면 난 자살할 거
라고 했더니 사장님 왈

자살할 이유가 그렇게 없어요?

라고 해서
한참을 웃었습니다.

그래요, 살아야죠. 이런 걸로 죽으면 안 되죠.

저는 제가 활자로 만든 공간에 사람들을 초대하기 위해 글을 씁니다. 어렸을 때 저는 늘 친구들을 집에 데려오는 아이였는데 어느 순간부터 그러지 않게 되었고, 그때부터 속으로만 사람들을 그리워하게 되었는지도 모르겠습니다. 그래서 이제 세 권의 책을 냈을 뿐이지만 제가 만든 공간에 사람들이 찾아와 이런저런 각자의 느낌으로 거닐고 있는 모습을 상상할 때면 어린 시절 친구들을 집에 초대했을 때와 비슷한 기분을 느낍니다.

첫 번째 산문집이 다소 무거웠기에 이번 책은 그 무게를 조금 덜어 내고 싶었습니다. 물론 덜어 내기 위한 과정은 언제나 그렇듯 쉽지 않았습니다. 모쪼록 제가 정성 들여 쓴 이 책이, 휴일 오후 누군가의 한때를 책임지거나, 먼 곳으로 향하는 어느 비행기 이코노미석, 구름 위에서 읽힐 수 있다면 얼마나 행복할까요.

기꺼이 이 변변찮은 글의 첫 번째 독자가 되어 주신 조연주 선생님과 저의 끝없는 요구들을 들어주느라 고생하신 '그책'의 이민정 팀장님, 그리고 책을 단정하게 만들어 주신 정은경 실장님께 깊은 감사를 전합니다.

마음속 평화가 오래도록 함께하시길.

2015년 9월 이석원

개정판을 내며

일종의 대중적 글쓰기를 해 온 나에게 이 책은 많은 것들을 안겨 준 작품이다.

바라던 대로 많은 사람들이 읽어 준 덕분에, 소위 말하는 베스트셀러로서 가장 높은 곳에 퍽이나 오래 머무른 작품이었다.

그랬던 책을 이제 출간 5년을 맞아 표지와 내용을 다듬어 새롭게 펴낸다.

나는 무엇을 하든 수정을 할 수 없으면 그 일을 하지 못한다.

2009년에 나온 첫 책은 십이 년이 지난 지금까지도 수정을 거듭하고 있는데

나의 미숙함 탓이기도 하거니와, 글이란 것은 시대를 반영해야 한다고 믿기 때문이다.

이 책 역시, 지난 5년간 직접 목도한 우리 사회의 시대적 변화에 발맞춰 적지 않은 부분을 덜어 내고 또 다시 썼다.

글이든 나 자신이든 살아 있는 한 끊임없이 반성하며 발전하고 싶은 사람으로서 이 개정판은 그러한 수정 의지의 산물이라 하겠다.

끝으로
멋진 책을 만들어 주신 김경민 편집장님과 유지연 디자이너님께
감사를 전하며

여전히 이 책이
누군가의 휴일 한때를,
비행기 속, 구름 위에서의 나른한 시간을 책임질 수 있다면 기쁠 것 같다.

2021년 6월 이석원 씀

그 후의 이야기

23

마지막 순간

그 날 오후.

인천 국제공항 출국장 로비의 한 커피숍에서

다시 만난 그녀는 마치 처음 만난 사람처럼

나를 낯설어 했다.

교토에 가는 길이라고 했다.

내가 하도 좋다고 했던 기억이 나 가는 거라면서

그곳에서 보름쯤 머물다 더 먼 곳으로 가면

오래도록 돌아오지 않을 작정이라 했다.

나는 그러시냐 되물은 다음

나는 잘 지내고 있으며

다시 글을 쓰게 되어서 좋다고 말했다.

그러곤 서로 잠시 말이 없는데

그녀가 그런다.

옆으로 가서 앉아 드릴까요.

아니요, 이젠 괜찮아요.

나는 꼭, 우리가 처음 만났을 때의 나처럼 좀처럼 어색함을
떨치지 못하며 연신 고개를 떨구는 그녀를 똑바로 바라보았다.

아…… 사람이 한번 입은 상처에서 벗어나기란

이토록 힘든 것인가.

이제 헤어져야 할 시간.

자리에서 일어난 그녀가

가끔 전화해도 되냐고 묻길래 그러시라 했다.

당신이 원하는 걸 들어줄 수 없어서

끝까지 이기적으로 굴어서 미안하다고 해

괜찮다고도 했다.

정말 괜찮았으니까.

그녀는 내게 이제 그만 가 보겠다며
이렇게 와 줘서 고맙다고 정중히 인사한 후 발길을 돌렸고
게이트 안으로 걸어 들어가는 그녀의 뒷모습,
언제나 그 작고 둥근 어깨를 볼 때마다
왠지 모를 애틋함을 자아내던 그 모습을 바라보며
나는 그녀에게 보내는 마지막 문자를 띄웠다.

여전히 예쁘고 아름다운 선생님.
당신의 삶은 당신의 모습만큼이나 우아하답니다.
아무것도 걱정 마시고
몸 건강히 잘 다녀오세요.

때로는
아무런 다짐도 받지 않고
보내 주어야 하는 인연도 있는 법이다.

24

그 후

때때로 나는, 솔직히 말하면 꽤 자주 나라는 사람은 어째서 쾌
락주의자가 될 수 없는지에 대해 고민한다. 감정 없이 하룻밤을 보
내는 행위가 왜 내겐 수월하지 않은지에 대해. 간혹 낯선이와 살을
섞는 누군가에겐 야릇하고 흥분될 순간에도, 나는 지금 내 앞에 맨
살을 드러낸 채 누워 있는 남자가 다른 데도 아닌 내 손을 잡아 주
었으면 좋겠다고 생각한다. 세상에, 그 중요한(?) 순간에 기껏 손
이라니.

그때도 그랬다. 사람과 관계에 데인 마음이 걸레처럼 너덜너덜
해진 어느 날, 어떤 이와 살을 맞대게 되었을 때 나는 속으로 울었

다. 네가 아닌 다른 사람의 체온도 이토록 따뜻할 수 있다는 게 분
해서. 이런 따뜻함을 처음 만난 사람에게서도 느낄 수 있다는 게 한
편으론 당황스럽고 이해되지 않아서. 정말이지 사랑이 뭔지 잘 모
르겠다. 같이 밥 먹고 대화하고 싸우고 여행 다니며 그 많은 순간을
공유한 사람은 결국엔 혐오든 권태든 공포든 소멸의 대상이 되어 그
렇게 사라져 가더니 아무것도 함께한 세월이 없는 사람이 나를 만지
는 손길은, 때로는 자극과, 어떨 땐 위로까지 주는 상황을 어떻게
이해해야 할까. 왜 인간의 몸과 마음은 이렇게 만들어 졌을까.

그런 내가 변했던 건 내 나이 서른 넷. 결혼해 함께 살던 이 때
문에 마음을 너무나도 크게 데어 도저히 새로운 사랑을 할 자신이
없던 때였다. 그렇다면 죽을 때까지 아무도 만나지 않고 홀로 살아
갈 수 있다면 좋으련만, 나는 사람이 두려우면서도 너무도 외로웠
고, 외로웠으나 시작은 하고 싶지 않았다. 그래서 그때 만나게 된
어떤 사람에게 이런 제안을 했더랬다. 우리 사귀지 말고 잠만 자자
고. 절대로 서로 좋아하지도 말고 연락도 하지 말자고. 그런데 상
처투성이가 되어 극한의 이기심에서 비롯된 그 황당한 제안에 뜻밖
에도 상대가 오케이를 하더라. 마흔 둘. 글을 쓰는 사람이었다. 우
리의 그 이상하고도 간편한 관계는 그렇게 시작되었고, 나는 무던
히도 노력해야 했다. 침대 밖에서는 불필요한 친밀감이 형성되지
않도록 거리에서 팔짱을 끼려는 그를 매몰차게 밀어내고, 극장에

가자고 해도 차일피일 미루면서.

아, 그러나 시작을 하지 않으면 끝도 없을 거라던 기대는 얼마나 순진한 것이었던가. 마음이라는 게 억누른다고 해서 눌러질 수 있을 거라던 믿음은 또 얼마나 미련했었고. 실제로 어떤 상처나 불편함도 없는 평온한 관계가 반 년쯤 지속이 되기는 했다. 과연, 그가 상처받지 않았는지는 알 수 없는 일이었지만……. 적어도 나는 내심 우리가 이렇게 오 년이고 십 년이고 만날 수 있다면 얼마나 좋을까 하는 생각까지 했던 것이다. 번거롭고 힘든 관계의 단점들은 피하고 달콤하고 편한 장점들만 취할 수 있던 이상적인 시간들. 하지만 세상의 좋은 것들이 어디 오래가는 법이 있던가?

어느 날, 남자는 긴 휴가를 내고는 한 달간의 먼 여행길을 떠났는데 그를 떠나보내던 날, 난 나도 모르게 눈물이 났다. 두 번째 여행이었다. 이미 지난 계절에도 보름쯤 떨어져 있었지만 문자 한 통 없이도 아무렇지 않던 나였다. 그랬기에 이번에도 안심하고, 연락해도 되냐는 그의 물음에 단호히 고개를 저으며, 잘 놀다 오라고, 다른 여자도 좀 만나라고 웃으며 돌아선 터였다. 그렇게, 서로 절대로 좋아하지도, 보고 싶다는 말 같은 것 하지 말자고 부탁하고, 스스로도 다짐하며 끝끝내 시작하지 않으려 애썼건만…… 끝내 무너지고 만 것이다. 돌이켜보면 이미 오래전부터 나는 그의 말투를 따라하고 있었고, 우린 서로의 취향과 안목 또한 깊이 공유하고 있었던 것을……. 단지 남들 앞에서 팔짱을 끼지 않는다고 해서 막을 수 있는 일이 아님을 왜 난 알지 못했을까.

하지만 나는 결국 시작하지 못했다. 내 상처는 내가 생각했던 것보다 훨씬 깊었고…… 나는 지금도 잊을 수가 없다. 감정이 생겨 버린 것을 알게 된 순간 그토록 편안하고 깔끔했던 사이가 지옥의 나락으로 떨어져 버리던 그때를. 너를 사랑한다고 인정한 바로 그 순간부터 나는 외로워지더라. 너를 그리워하게 된 대가로 어렵사리 유지해 온 내 마음의 평화는 사정없이 금이 가기 시작하더라. 부끄러운 줄도 모르고 네 앞에서 아무렇게나 옷을 벗어제끼던 난 더는 그럴 수가 없었다. 이제 내게 넌, 더는 편한 사람이 아니라 잘 보이고 싶은 사람이 되었으니까. 이젠 언젠가 나를 떠나거나 전 남편처럼 돌변할까 봐, 어떻게든 내게 상처 주고 해를 끼칠까 봐 그저 두렵고 불안한 존재가 되어 버렸으니까. 다시 사랑을 시작하자, 마음의 평화는 그렇게 헝클어져 갔다. 한없이. 정말 대책 없이.

그래. 이래서 내가 그렇게 몸부림쳤었지. 시작하지 않으려고. 그래서 물었었지. 왜 나는 좋아하지 않는 남자와는 만날 수 없는 거냐고. 그랬으면 인생이 훨씬 더 간편했을 텐데. 다시 이런 고통 겪지 않고, 이렇게 갖고 싶은 너의 목소리와 눈도 그저 그리움이 아닌

욕구의 대상으로만 삼을 수 있었을 텐데.

그리하여 끝내 회복될 수 없는 희생자가 되어 도피하듯 이 땅을 떠나던 날, 너는 친절하게도 내 갑작스런 부름에 응해 그 먼 공항까지 배웅을 나와 주었다. 그렇지만 마지막 순간까지 따뜻했던 너를 보면서 나는 도리어 더욱 슬퍼진 채로 비행기에 올라야 했다. 그저 이 모든 일들이 아파서, 너무 아프기만 해서. 그런데 얼른 이 괴로운 순간들로부터 벗어나고 싶다는 생각에 비행기 좌석에 몸을 묻고는 별 생각 없이 튼 영화에서 하필 이런 대목이 나오더라. 극 중 사랑에 빠진 주인공이 자긴 지금 사랑 때문에 너무 아파 죽을 것 같다고 호소를 하자 어떤 이가 그러는 거다. 사랑 그거 별거 아니라고, 다 치료 약이 있으니까 걱정 말라고. 나는 유치하게도 정말 그런 약이 있나 싶어 영화에 몰입을 하려는데 정작 사랑의 통증으로 괴로워 몸부림치던 주인공은 무슨 까닭에선지 이렇게 말을 하는 것이었다.

"아뇨. 그런 약 같은 건 필요 없어요. 전 계속 아프고 싶으니까요."

모르겠다. 그저 영화 한 편일 뿐인데 왜 그토록 그 장면이 나를 흔들었던 건지. 어쩜 내가 이토록 아픈 것은 사랑하라고, 애초부터 네게 끝의 두려움과 과정의 아픔과 책임감이 따르지 않는 밤 같은 건 허락되지 않을 테니 받아들이라고. 누군가 내게 이렇게 끊임없이 말해 주고 있는 건 아닐까……. 그래서 날 계속 이렇게 아프게 하는 건 아닐까.

이윽고, 길지 않은 시간이 지나 비행기는 목적지에 도착했고 낯선 곳, 낯선 땅에 발을 디딘 후 꺼 두었던 휴대폰을 켜니 아마도 내가 떠나기 전 그가 보냈을 문자가 신호음을 울리며 화면에 떴다.

여전히 예쁘고 아름다운 선생님.
당신의 삶은 당신의 모습만큼이나 우아하답니다.
아무것도 걱정 마시고
몸 건강히 잘 다녀오세요.

아…… 만약 내가…… 시간이 너무 많이 흐르기 전에 이 상처를 딛고 다시 당신에게 돌아갈 수 있다면…… 그땐 이 모든 두려움을 무릅쓰고 당신과 지옥 불길이 됐든 꽃길이 됐든 한번 걸어 보고 싶다. 내 옆에, 나를 이토록 좋아하고, 나만큼이나 연약한 자아와 상처를 가진 당신과 함께. 비록 그 길이 세상 모든 꽃이 시들 듯, 세상의 모든 여정이 그렇듯, 결국엔 끝이 있고 아픔이 있는 길이라 해도, 우리가 걷는 동안만큼은 온갖 꽃들이 만발한 꽃길로 만들고 싶다. 그럴 수 있다면…… 그럴 수만 있다면…….

사랑하는 사람이
원하는 누군가가 되어 주지 못한다는 게
어떤 기분인지
너는 알지 못하겠지.

예나 지금이나
나는
그런 사람.

이렇게 또
원치 않는 점수가
매겨지고 말았다.

하지만 사랑해.

우리 좋은 날들은
너무 빨리 가 버렸지만.